KB099969

헌터세계의 귀환자

FUSION FANTASTIC STORY

김재한 장편소설

헌터세계의 귀환자 7

김재한 장편소설

초판 1쇄 찍은 날 § 2019년 5월 24일
초판 1쇄 펴낸 날 § 2019년 5월 31일

지은이 § 김재한
펴낸이 § 서경석

총괄팀장 § 노종아
편집책임 § 김대용
편집 § 최광훈

펴낸곳 § 도서출판 청어람
등록번호 § 제387-1999-000006호
등록일자 § 1999. 5. 31
어람번호 § 제1-3026호

주소 § 경기도 부천시 부일로 483번길 40 서경B/D 3F (우) 14640
전화 § 032-656-4452 팩스 § 032-656-4453
http://www.chungeoram.com
E-mail § chungeorambook@daum.net

ISBN 979-11-04-92005-9 04810
ISBN 979-11-04-91899-5 (세트)

FUSION FANTASTIC STORY

김재한 장편소설

7

헌터세계의 귀환자

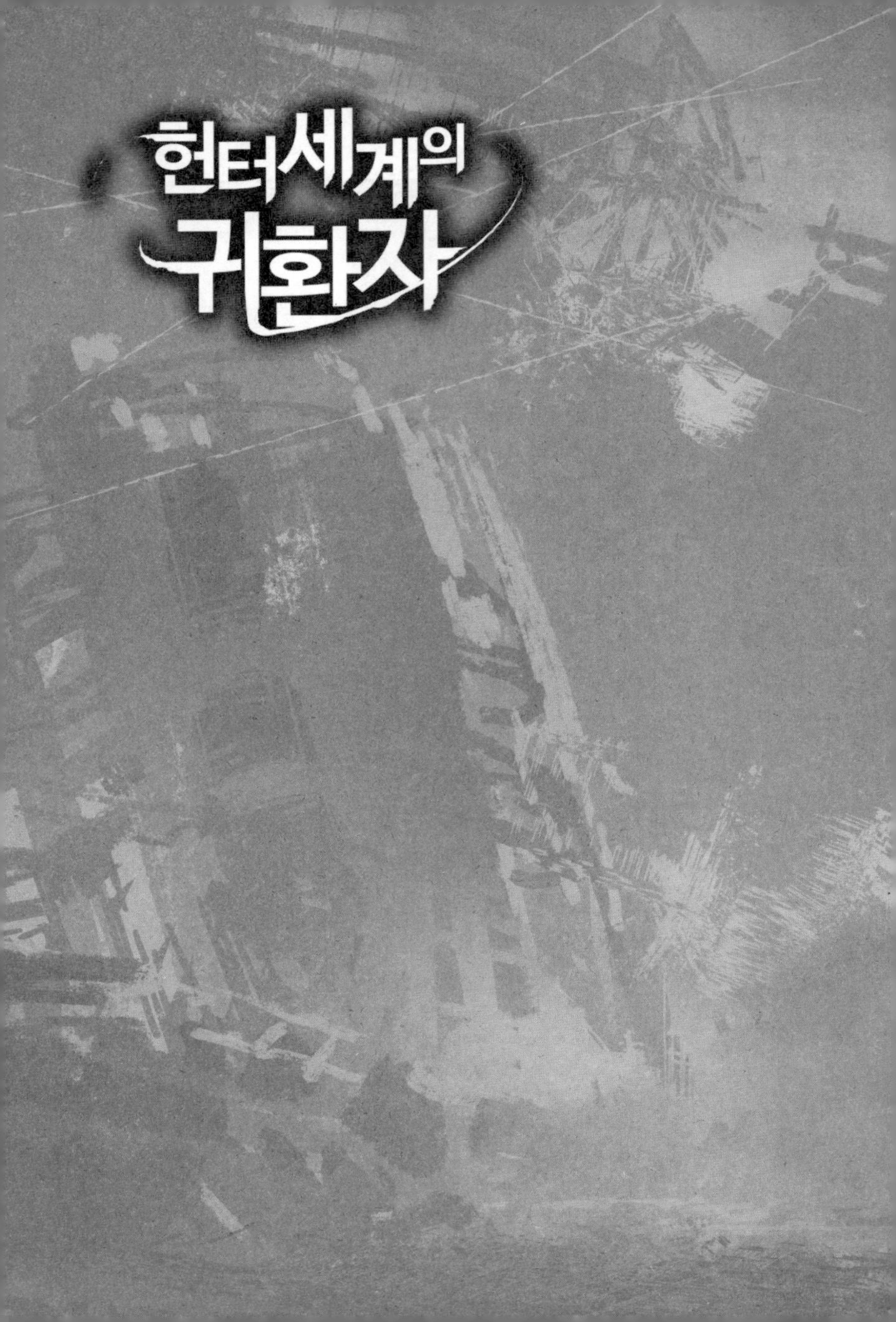
헌터세계의
귀환자

Contents

Chapter43

꿈에서 깨어난

1

종말의 군단은 충격에 휩싸여 있었다.

"전멸이라니, 말도 안 돼……."

라지알이 중얼거렸다.

작전 결행 후 48시간이 지난 시점이었다.

이번 작전을 위해 유능한 타락체 4명이 투입되었다.

우회 전략을 실행할 작전병 역할의 2명, 그리고 게이트 브레이크를 통해서 아티팩트가 있는 지점에 강림할 전투 능력이 특히 출중한 2명.

군단 사령부는 이들을 투입하면서 작전의 완전 실패를 염두에 두지 않았다.

설령 아티팩트를 회수하지 못한다 해도, 그들을 골치 아프게 만들고 있는 지구의 적들의 전투 능력에 대한 데이터를 파악해 줄 것이라 기대했다.

　전투를 담당할 2명은 모두 강력한 타락체였고, 그중에서도 벙어리 공주라 불리는 이비연은 군단의 타락체 중에 한 손에 꼽을 정도의 에이스 카드였다.

　그런데 결과는 어떠한가?

　〈전멸이라니… 어처구니가 없군.〉

　〈도주조차 못 하다니, 그럴 수가 있나?〉

　군주들 역시 충격을 감추지 못했다.

　이비연은 물론이고 다른 타락체 3명도 모두 유능한 자들이었다.

　그들이라면 데바나가 볼더와 함께 강림했을 때 맞닥뜨린 적들, 팀 섀도우리스의 일원들과 맞닥뜨린다 해도 충분히 몸을 빼낼 수 있다는 계산이 섰기에 투입한 것이다.

　하지만 4명 모두 돌아오지 못했다.

　그들이 얻은 성과라고는 만약을 대비해 투입한 지휘관 개체들을 통해서 얻은 관측 데이터밖에 없었다.

　그 데이터를 군주들과 함께 살펴본 라지알이 짜증을 냈다.

　"역시 도움이 안 되는 데이터군."

　군주 개체들이 그렇듯 지휘관 개체들 역시 빙의할 때는 능력이 크게 저하된다.

마력이 저하되고 스펠이 제한된다는 것은, 그들 입장에서는 관측병으로서의 능력도 크게 떨어진다는 소리다.

초인의 전투를 제대로 파악하기 위해서는 마력과 스펠의 활용이 필수다. 그렇지 않고서야 눈으로 따라갈 수도 없을 정도로 빠르게 움직이면서, 한 번 격돌할 때마다 시야를 전부 가리는 폭발을 일으키는 자들의 싸움을 어떻게 파악하겠는가?

"관측병 노릇을 해줘야 할 놈들이 죄다 당해 버렸으니……."

라지알은 짜증이 솟구쳤다.

작전병 역할을 맡은 2명은, 게이트 브레이크를 일으킨 시점부터는 관측병 역할을 수행해 줬어야 했다.

전투는 전투 능력이 출중한 2명에게 맡기고, 그들이 싸우는 것을 관측해 줬어야 하는 것이다. 빙의로밖에 지구로 갈 수밖에 없는 언데드들과 달리 그들에게는 제대로 된 관측 도구도 있었고, 출중한 관측 능력도 있었다.

하지만 빙의한 육체가 죽어도 괜찮은 언데드와 달리 타락체는 살아서 돌아오지 않으면 관측 데이터를 전해줄 수가 없다.

지휘관 개체들은 나고야 폐허에서 벌어진 전투에 대해서는 아예 제대로 된 관측을 하지도 못했다.

게이트 브레이크 후 얼마 되지도 않아서 살해당했기 때문이다.

팀 섀도우리스는 게이트 브레이크가 일어난 시점에서 지휘관 개체를 찾아서 죽여 버렸다. 그들 전원이 지휘관 개체를 탐지하는 스펠을 가졌기에 가능한 일이었다.

적의 정보 수집 수단을 처리한 후에야 나고야 돔에 집결해서 작전병 역할의 타락체를 죽였던 것이다.

그리고 이비연을 처리한 서용우가 나고야로 돌아오자, 그들 전원이 40미터급 게이트로 진입했다.

그들이 진입하고 나서 30초 만에 지휘관 개체들이 살해당했다.

그래서 군단은 그 이후에 벌어진 일에 대해서 알 수가 없었다.

하지만 게이트 브레이크도 일어나지 않았고, 타락체도 돌아오지 않았다는 것이 의미하는 바는 뻔하지 않은가?

"아무리 그렇다 해도 비연이가 당하다니……."

라지알은 그 사실에 충격을 금할 수 없었다.

이비연은 설령 군주의 분노를 산다 해도 살아남을 수 있는 존재다. 군단의 일원이 된 초창기에 그 사실을 증명한 바 있었다.

예전에 라지알과 불꽃의 볼더 사이에 정치적 마찰이 생겨서 결국 무력 분쟁이 발생하기 직전까지 갔었던 일이 있었다.

그때 라지알의 도발적인 메시지를 전하기 위한 사자로 3명의 타락체가 파견되었고, 이비연도 그중 하나였다.

그들은 사실상 볼더에게 바치는 제물이나 다름없었다. 라지알도 자기 휘하에서 통제가 안 되거나 쓸모없다고 생각하는 자들 중에 선택했고, 돌아오리라고는 전혀 기대하지 않았다.

그런데 3명 중 이비연만은 격노한 볼더의 손에서 살아남아서 귀환했다.

라지알이 이비연에게 흥미와 애착을 느낀 것도 그때부터였다.

〈유감스럽지만 이렇게 된 이상… 당분간은 섣불리 움직일 수가 없겠군.〉

하스라와 볼더가 당한 시점에서 군주들은 조심스러워졌다. 그 이후로는 단 한 명도 전선에 나서지 않았던 것이다.

〈우회 전략이 가능해졌으니 그걸 이용한 거점 만들기에 집중하지.〉

〈우리가 나서지 않는 이상 놈들도 할 수 있는 일이 없다. 지금의 균형을 유지한 채로 여덟 번째 문이 열리기를 기다리는 게 현명하다.〉

〈몽상가를 쓸 수 있게 되는 시점부터 반격한다. 그때부터는 판도를 바꿀 수 있어.〉

미지의 위협 앞에서 종말의 군단은 소극적인 결론을 내릴수밖에 없었다.

'그걸로 괜찮을까?'

단 한 명, 라지알만은 다른 생각을 하고 있었지만……

'비연이가 당했다. 놈들은 비연이를 도주조차 못하게 붙잡아놓고 죽일 능력이 있다는 뜻. 그런데 정말 이걸로 괜찮은 건가?'

그 역시도 군단이 받는 제약 때문에 손발이 묶인 지금 상황에서 무엇을 해야 할지, 명확한 방안을 제시할 수 없었다.

*   *   *

사람이 죽을 때가 되면 살아온 인생의 기억을 파노라마처럼 빠르게 보게 된다고 한다.

이비연은 아침에 잠에서 깨어나기 직전, 짧은 시간 동안 너무나 긴 꿈을 꾸듯이 자신의 인생을 되돌아보았다.

스스로 기억해 내고자 하면 전혀 떠오르지 않는 기억들, 예를 들면 말도 못하는 아기였을 때의 기억에서부터 서용우와 격렬한 전투를 벌이고 죽음을 맞이하는 순간까지.

그녀가 살아오면서 보고 듣고 느낀 모든 것이 빠르게 눈앞을 지나갔다.

그 기억들은 마치 타인의 기록을 보는 것처럼 낯설면서도 묘하게 생생했다. 하지만 눈앞을 지나간 기억 중에 인상 깊은 것이 있어 돌아보려고 하면 그때는 저 멀리 사라진 후라서, 이 파노라마가 시작되기 전에 그러했듯이 흐릿한 망각의 수면

밑으로 가라앉아 있을 뿐이었다.

"좋은 꿈 꿔라."

마지막으로 들은 말은 용우의 속삭임이었다.
자신을 살해하는 사람의 말에 담긴 상냥함이 가슴 아파서,
이비연은 쓰게 웃으면서 생각했다.
이건 과연 좋은 꿈일까?
모르겠다. 하지만 좋은 꿈이었다고 생각하고 싶었다.

그리고 꿈이 끝났다.

                    *   *   *

일본 최고봉, 후지산 정상의 밤바람은 얼어붙을 듯 싸늘했
다.
적어도 얇은 셔츠에 청바지 차림으로 있기에 적합한 곳은
아니다. 하지만 용우는 추위를 개의치 않고 밤의 운해를 바라
보고 있었다.
〈뭘 한 거냐니까?〉
그 옆에 꽂혀 있는 투명한 창에서 이비연의 당혹스러워하
는 목소리가 들려오고 있었다.

용우가 말했다.

"그렇게 말하는 걸 보니 역시 보고 듣는 건 되는 모양이네. 시각이랑 청각은 기능하는 건가?"

〈확실히 보고 듣는 건 되는데 후각, 촉각, 미각은 없어. 아니, 근데 내 말에 대답을 해줘야지!〉

이비연이 빽 소리를 지르자 용우가 큭큭거리며 웃었다.

"그 창은 볼더를 죽이고 획득한 전리품이야."

〈볼더?〉

"만 단위의 영혼을 담을 수 있더군. 원래 내가 생각하고 있는 계획이 있었는데, 그걸 얻는 순간 다 필요 없어졌어."

〈그러니까… 내 영혼을 여기다 담은 거라고?〉

"비슷해."

〈비슷하다니?〉

혼란스러워하는 이비연에게 용우가 설명했다.

"넌 타락체가 되었으면서도 인간일 때의 인격을 유지하고 있었지. 난 그게 일종의 이중인격 상태라고 봤어. 해리성 정체감 장애가 어떤 것인지, 그런 정신분석학적인 지식은 없지만 대체로 이중인격이라고 하면 어느 한쪽 인격이 주도권을 갖는 경우가 많잖아?"

〈…보통 그렇긴 한데, 현실에 적용하려면 전문 지식이 필요하지 않았을까?〉

"어차피 진짜 해리성 정체감 장애를 해결하려는 것도 아니고 그냥 그런 뉘앙스로 이해되는 문제를 해결하려는 거였으니까 상관없지."

〈말이나 못하면…….〉

"지구로 돌아온 후로는 그런 소리를 자주 듣고 있지."

피식 웃은 용우가 말을 이었다.

"우리가 정의한 '영혼'은 인간이 살아가면서 축적한 기억과 의념으로 구성된 일종의 정신체였어. 그럼 네 영혼은 어떨까? 과연 인간 이비연의 영혼과 타락체 이비연의 영혼, 두 개의 영혼이 한 몸에 공존하고 있는 것일까?"

〈…….〉

이비연은 용우가 말하고자 하는 바를 알 것 같았다.

과연 이비연의 영혼은 두 개였을까?

"굳이 내가 어려운 싸움을 한 건… 뭐, 안 그랬어도 어려웠겠지만, 위험 부담을 크게 지는 길을 간 건 그걸 파악하는 과정이기도 했어."

용우가 소멸한 90미터급 게이트 내부 필드에 준비해 둔 것은 이비연을 잡기 위한 함정만이 아니었다.

전투 중에는 진행하기 어려운 것, 이비연에 대한 관측과 분석을 위한 지속성 스펠을 장치해 두었던 것이다.

"분석 결과는… 내가 예상한 대로 네 영혼은 하나였지."

그렇다면 영혼을 다른 그릇으로 옮겨봤자 문제가 해결되지 않는다.

"원래 내가 추진하던 계획은, 인격 데이터를 옮길 수 있는 장치를 만드는 거였어. 알아보니 인공지능 연구 중에서 비슷한 게 있었거든."

권희수 박사의 능력이라면 가능할 것이다. 그렇게 믿고 추진한 계획이었다.

하지만 볼더에게서 영혼을 담을 수 있는 창을 빼앗는 순간, 그 연구는 불필요해졌다.

"그 정도로 많은 영혼을 담아서 그들의 의지를 통합할 수 있는 힘이 깃든 장치야. 하나의 인격을 재생하는 데만 해도 어마어마한 규모의 하드웨어가 필요하다는 걸 생각하면 정말 터무니없는 일이지."

권희수 박사도 용우의 협력을 받아가면서 볼더의 창을 분석해 보고는 경악을 금치 못했다.

이것은 인류가 지금까지 축적한 첨단 하드웨어 기술을 비웃는 엄청난 보물이었던 것이다.

그녀는 얼마 지나지 않아서 용우의 요구 사항을 해결해 주었다.

볼더의 창의 기능을 조정해서 용우가 지정한 인격 데이터만을 추출해서 담을 수 있도록 만든 것이다.

"의외로 어려운 일은 아니었지. 우리는 이미 비슷한 경험이 있었으니까."

분신을 만들어내는 능력만 봐도 알 수 있다.

아무리 용우라고 해도 머리가 두 개는 아니다. 고속으로 사고할 수는 있지만 동시적으로 사고하는 것에는 한계가 있다. 분신을 만들어서 원격조종할 때는 본신이 제대로 움직일 수 없게 되는 것이다.

그런 문제를 해결하기 위해서 고위 스펠에 의해 형성된 분신체는 독립성을 부여받는다.

제한된 시간 동안만 활동하는 일종의 복제체가 되는 것이다. 용우가 전투에서 애용하는 분신이 바로 이것이었다.

〈그럼 난… 진짜 이비연이 아니라 복제된 거야?〉

이비연의 목소리가 떨리고 있었다.

자신이 진짜가 아니라 복제되었을 뿐인 가짜인지를 묻는 것이다. 대답을 듣는 것이 두려울 수밖에 없었다.

"아니. 정말 어쩔 수 없는 경우라면 그렇게 하는 것도 생각은 했지만… 다행히 준비한 게 성공했어."

용우는 이비연의 영혼에서 인격 데이터를 '복제'하는 게 아니라 '추출'했다.

"분석해 본 결과, 인간 이비연과 타락체 이비연은 공유하는 영역도 있었고 그렇지 않은 영역도 있었지."

이 부분부터는 용우도 확실히 파악한 것이 아니라 추측할 뿐이지만, 아마도 객관적인 기억 데이터 자체는 공유하고 있는 것으로 보였다.

"몽환포영(夢幻泡影)으로 정보세계를 형성해서 내 의도를 구현할 수 있는 환경을 만들었어. '인간 이비연'의 부분만이 꿈을 꾸라는 명령에 반응하도록."

몽환포영은 정교하게 세공된 텔레파시로 상대에게 너무나도 리얼한 환각을 제공하는 스펠이다.

하지만 이 스펠의 위력은 단순히 텔레파시로 상대를 속여 넘기는 것에서 그치지 않는다. 일시적으로 지정된 영역에 정보세계를 구현해서 사용자가 의도한 법칙을 강제하는 힘이 있다.

통제할 수 없는 혼돈, 확률적인 문제가 자신에게 무조건 유리하게 적용되는 공간을 만들어내는 것이다. 예를 들면 그 공간 속에서는 주사위를 던지면 한 번도 빼놓지 않고 자신이 원하는 숫자만 나오는 것도 가능하다.

"여기서부터는 결과를 확신할 수 없는 도박이었어."

과연 영혼을 찢어서 원하는 부분만 추출한다고 해서 인간 이비연을 구할 수 있는 것일까?

"사고능력을 가진 자아가 없는 기억은 그저 데이터일 뿐이지."

용우는 이비연의 의식이 깨어날지 확신할 수 없었다.

그래서 초조하게 결과를 기다렸다.

만약 실패한다면 이제부터 이비연의 영혼을 복원할 방법을 연구할 생각이었다.

"결과적으로… 지금 나는 너와 이야기를 하고 있지."

〈…….〉

용우의 말에 이비연은 한참 동안 말이 없었다. 용우도 그녀의 대답을 재촉하지 않고 가만히 기다려 주었다.

이윽고 이비연이 말했다.

〈오빠.〉

"말해."

〈우리 언니 좋아했지?〉

순간 용우는 사레가 들릴 뻔했다.

용우가 황당해하며 물었다.

"뭐? 지금 상황에서 그런 말이 나와?"

〈좋아했지? 맞지?〉

"아니, 그러니까 지금 왜……."

〈말해봐.〉

이비연의 목소리에는 장난기가 없었다. 그렇기에 용우도 구시렁거림을 그치고 시선을 다른 곳으로 돌리며 말했다.

"…그랬었지."

용우는 이비연의 언니, 이하연을 좋아했다.

모두가 모두를 미워하고 불신할 수밖에 없는 지옥에서 자신에게 손을 내밀어줬던 그 사람을, 누나라고 부를 수 있었던 그 사람을 볼 때마다 가슴이 두근거렸다.

〈그래서 날 구해준 거야?〉

"난 말이지."

용우는 이비연에게서 시선을 돌린 채로 말했다.

"사실은 지구로 온 지 아직 2년도 안 됐어."

〈뭐? 설마 그럼 그때까지 어비스에서…….〉

"네가 그렇게 되고 나서 한 달도 안 걸려서 모든 게 끝나 버린 건 맞아. 다만 내가 SF에 나오는 시간 여행자 같은 처지가 됐을 뿐이지."

용우는 이비연이 타락체가 된 후의 일들을 이야기해 주었다.

자신이 어떻게 최후의 생존자가 되었고, 최후의 전투에서 살아남았는지…….

그리고 지구로 와서는 어떤 일들을 겪었는지…….

긴 이야기였다.

지금까지의 일들을 떠올려 가며 이야기를 하는 동안, 용우는 자신이 채 2년도 안 되는 시간 동안 참 많은 일을 겪었다는 사실을 느꼈다.

〈그러니까…….〉

이야기를 다 들은 이비연이 어이없다는 듯 말했다.

〈이제 오빠는, 오빠가 아니네? 내가 더 나이가 많다는 거잖아!〉

"……."

하필이면 그런 결론으로 빠진단 말인가?

"어, 뭐… 살면서 체감한 시간만으로 따지면 그럴지도 모르

지. 하지만 행정 데이터상으로는 내가 더 나이 많거든? 올해
로 40대가 되어버렸다고. 중년이다, 중년."

〈아저씨라고 불러줄까?〉

"그러든지 말든지. 이미 그렇게 부르는 사람도 하나 있어."

투덜거리던 용우가 문득 생각났다는 듯 그녀를 바라보았
다.

"근데 너도 남 말 할 처지 아니잖아? 타락체 된 다음부터는
나 만나기 전까지 계속 내면에서 잠만 잤다면서? 그럼 딱히
나이 먹었다고 하기도 그렇지 않냐?"

〈난 그래도 그동안의 기억이 다 있어.〉

"그래서, 꼭 30대 대접을 받아야 속이 시원하시겠다?"

〈……〉

이비연의 말문이 막혔다. 용우가 의기양양해하며 물었다.

"30대 대접받을래 아니면 그냥 나이 안 먹은 걸로 치고 열
아홉 살 취급받을래?"

〈으으으음……!〉

악마의 유혹이었다.

용우가 피식 웃으며 말했다.

"어쨌든… 그래서 나는 너랑 마지막으로 헤어졌던 순간이
그렇게까지 먼 과거로 느껴지지 않았어."

〈그게 굳이 위험을 감수해 가면서 나를 구한 이유야?〉

"누나도 널 살릴 수 있는데 죽여주길 바라진 않았을 테니까."

이하연과의 약속은 희망 없는 세상을 살아가던 때의 일이다. 언젠가 그 절망에서 탈출할 수 있을 것이라고는 기대하지 않았던 때.

하지만 용우는 모두가 반드시 도달하게 되리라고 생각했던 절망을 뛰어넘었다. 그랬기에 이렇게 지구에서 이비연과 다시 만날 수 있었다.

문득 이비연이 말했다.

〈오랜만에 생각났어.〉

"뭐가?"

〈누군가와 웃고 떠드는 게 즐거운 일이라는 거. 이렇게 시시한 이야기로 열 올린 거, 정말 오랜만이야.〉

"그렇겠지. 네가 마지막으로 그런 이야기를 했던 때 이후로 흐른 세월이 중학생 한 명분인데."

〈…그거 참 절묘한데? 너무 절묘해서 막 화나.〉

두 사람은 한참 동안이나 시시한 화제로 열을 올리며 웃고 떠들었다.

문득 이비연이 웃음을 그치고 말했다.

〈오빠, 내가 뭘 해주면 돼?〉

"아무것도 안 해줘도 된다고 말하고 싶지만… 일단은 정보가 필요해. 지금 우리는 이 전쟁의 규칙조차 제대로 모르고 있으니까."

〈그리고 또?〉

"그걸로 충분해."

〈헛소리하지 말고. 오빠가 잘나기는 했지만 지금 상황이면 인력 부족에 시달리는 게 뻔히 보이는데? 나처럼 유능한 전력이 정말로 필요 없다고?〉

이비연이 심드렁하게 말하자 용우가 웃었다. 그녀의 톡 쏘는 말투가 추억을 떠올리게 했기 때문이다.

"너 지금 자기 처지는 알고 말하는 거지?"

〈어차피 다 준비해 놨을 거 아냐.〉

"……."

〈오빠 성격에 안 준비해 놨을 리가 없어. 나 살리겠다고 그렇게 공들여서 준비를 했으면, 나를 이런 물건 속에다 가둬두는 걸로 만족할 사람이 아니지. 이미 몸도 다 준비되어 있는 거 아냐?〉

날카로운 추측이다. 용우는 새삼 이비연이 자신을 잘 안다는 것을 느꼈다.

"그렇긴 한데 지금 당장은 아냐. A안과 B안이 있어서 둘 다 시험해 봐야 해. 일단 네가 깨어날지도 확실하지 않았으니까."

〈역시.〉

"하지만 몸을 준비한다고 해도 문제는 있지."

〈내 전력이 얼마나 깎일지 알 수가 없다는 거지?〉

"그래."

〈확실히 그건 전혀 장담할 수 없는 문제네. 나 완전 일반인

되어버릴 가능성도 있는 거야?〉

"그 정도는 아니지만 전력으로 써먹기에는 무리일 가능성이 높지. 재활이 가능할지 모르겠지만, 재활을 한다 해도 전력이 되기까지 시간이 걸릴 거고."

〈그렇게 되면 슬프겠는걸. 아주 분하고 원통해서 눈물이 날 거야.〉

"왜?"

용우가 묻자 이비연은 왜 그걸 모르냐는 듯 말했다.

〈그야 복수는 오빠한테 다 맡겨놓고 난 뒤에서 응원만 해야 한다는 거잖아. 생각만 해도 울화통이 터지는 일이지.〉

"……."

〈왜 그런 눈으로 봐?〉

"너답다 싶어서. 아니, 너답다기보다는… 우리다운 건가."

어비스에서는 다들 그랬다. 남의 뒤에 숨어서 싸우기를 포기한 자는 중반 이후로는 아무도 살아남지 못했으니까.

〈오빠.〉

"왜?"

〈날 살려줘서 고마워.〉

"누나하고 약속을 지키자니 내 마음이 너무 찜찜하더라고. 그래서 힘 좀 썼을 뿐이야."

〈폼 잡기는.〉

피식 웃은 이비연이 말했다.

〈기왕 살려놨으면 끝까지 책임져 줘. 같이 복수할 수 있게 제대로 된 몸을 준비해 봐.〉

"최선을 다해보지. 당분간은 그걸로 참아."

용우는 그렇게 말하고는 그녀와 함께 후지산을 떠났다.

2

일본 정부는 나고야 수복 작전을 성공적으로 마친 팀 섀도 우리스에게 계약대로 마력석 2톤과 2,000억 엔을 지불했다.

뿐만 아니다. 나고야 수복 작전의 부산물 역시 전술 시스템이 판정한 기여도에 따라서 배분해 주었는데 이 수익 또한 어지간한 대기업 분기 매출급으로 어마어마한 수준이었다.

'적자라니.'

그럼에도 용우에게 있어서 이번 의뢰는 적자였다.

일단 일본 정부에서 받은 대가는 그 혼자만의 것이 아니라 팀원들과 분배했다. 그리고 이비연과 싸울 때 소모한 마력석이 너무 많아서 적자가 났던 것이다.

하지만 용우는 그 사실에 마음 아파하지는 않았다.

'비연이를 구했는데 그게 뭐가 중요해?'

그 결과는 감히 손익을 따질 만한 것이 아니었으니까.

용우는 리사와 한국에서 데려온 우희까지 셋이서 이틀 동안 교토의 근사한 찻집들을 돌아다니면서 관광을 즐기고는 귀국했다.

정체를 밝히고 활동하는 유현애와 이미나, 차준혁, 휴고는 그 후로 나흘간 이런저런 행사 초청에 응해서 일본 언론의 취재에 응해주고는 돌아왔다.

*   *   *

모두가 귀국한 다음 날, 용우는 팀원들을 불러 모았다.

나고야 수복 작전에는 참가하지 않았던 브리짓을 포함해서 모든 멤버가 모이자 용우가 유현애에게 물었다.

"스시가 그렇게 맛있었냐?"

유현애는 계획한 대로 일본의 유명한 스시 전문점들을 즐기고 왔다. 일본 정부와 지자체들은 그녀를 대접하지 못해 안달이었기에 정상적인 루트로는 예약조차 어려운 가게들에서 특별한 대접을 받았던 것이다.

먹으러 갈 때마다 사진을 찍어서 채팅 앱으로 실시간으로 자랑을 해댔기에 용우가 짜증을 낼 수밖에 없었다.

"그럼요. 끝내줬어요. 사진만 봐도 느껴지지 않아요? 내가 찍었지만 참 잘 나왔는데."

유현애가 만면에 미소를 짓자 용우가 쳇 하고 혀를 찼다.

"그런데 오늘은 또 무슨 일이에요?"

"중요한 안건이 몇 있어."

"아저씨가 그렇게 말할 때마다 불안하다고요."

"딱히 널 불안하게 하고 싶지는 않지만 이놈의 세상이 풍전등화(風前燈火)라 어쩔 수 없군."

"종종 생각하는 건데 역시 내 인생 최대의 실패는 이런 망할 시대에 태어나 버린 거야……."

유현애의 투덜거림에 다들 웃음을 터뜨렸다.

용우가 말했다.

"이번 전투로 몇 가지 파악된 게 있지. 일단 놈들이 재해 지역을 이용하는 우회 전략을 구사할 수 있게 되었다는 점. 하지만 이게 의외로 제약이 많아서 그렇게까지 무서워할 일은 아니라는 점."

하스라가 50미터급 게이트 안에 강림했을 때, 모두가 그가 세상으로 나오는 순간이 인류의 최후가 되리라 생각했다.

군주 개체가 세상에 나와서 재해 지역에 자리 잡은 몬스터들이 일제히 인류의 주거 지역을 덮치도록 통제한다면 대책이 없었으니까.

하지만 시도 때도 없이 게이트 브레이크가 일어나는 재해 지역을 이용하면서도 그들은 그런 일을 하지 못했다. 그들이 할 수 있는 일에 뚜렷한 한계가 존재한다는 뜻이었다.

"그리고 놈들이 몸을 사리고 있다는 점."

빙설의 하스라와 불꽃의 볼더가 용우에게 살해당했다.

그 이후로 군주 개체가 모습을 드러낸 적은 한번도 없었고,

이번에도 마찬가지였다.

"놈들이 언제까지 위축되어 있을지는 모르겠군. 상황이 변하는 게 확실한 시점은 분명 8세대 각성자들이 탄생하는 시점이겠지."

"그때 그 '몽상가'가 나타난다면 확실히 골치 아프게 되겠지요."

브리짓이 거들자 용우가 말했다.

"그래서 그 전에 놈들을 좀 흔들어놓으려고 해."

"흔들어놓는다니? 어떻게?"

"놈들은 방심하고 있어."

군주들이 빙의해서 나서지만 않으면 공격받을 일이 없다.

지금까지의 움직임을 보면 그렇게 생각하는 게 빤히 보였다.

"언제나 우리가 방어하는 입장이고, 자기들은 얼마든지 때와 장소를 골라서 공격할 수 있는 입장이라고 생각하는 거지."

"하지만 그게 사실이잖아? 유감스럽게도."

휴고가 말한 대로, 지금까지 인류는 한결같이 수비자의 입장을 강요받고 있었다. 퍼스트 카타스트로피 이후 공격자의 입장에 섰던 것은 용우가 유일했던 것이다.

"방법은 있어. 놈들의 방심을 찌르는 방법이라 한 번밖에 쓸 수 없겠지만… 뭐, 놈들에게 뜨거운 맛도 보여주고, 지금보다 한층 더 위축시킨다는 점에서 의미가 있겠지."

용우가 그 방법을 설명하자 다들 납득했다.

이미나가 물었다.

"확실히 캡틴은 할 수 있겠네. 하지만 우린 불가능하잖아
요?"

"그 건은 실험을 좀 해볼 생각입니다. 차준혁, 브리짓, 휴고
세 사람은 안 될 게 뻔하니까 빼야겠지만."

그 말에 세 사람이 매우 아쉬워하는 표정을 지었다.

용우가 말을 이었다.

"그것 말고도 준비한 방법이 또 있긴 한데… 그 전에 소개
할 사람이 있어."

"소개할 사람? 누구?"

다들 주변을 두리번거렸지만 그들 말고는 아무도 없었다.

애당초 소멸한 게이트 내부 필드, 그것도 주변이 탁 트인 높
은 산 정상이다 보니 누가 문 밖에 대기하고 있다가 들어올
일도 없다.

의아해하는 팀원들 앞에서 용우가 옆의 바위에 기대어두었
던 창을 들어 앞에다 꽂으며 말했다.

"소개하지. 우리의 새로운 동료야."

〈안녕하세요.〉

창에서 소녀의 목소리가 흘러나왔다.

팀원들이 놀라는 가운데 단 한 사람, 브리짓의 표정만이 이

상했다.

휴고가 물었다.

"브리짓? 왜 그래?"

"설마……."

〈아, 당신은 뇌전의 사슬의 주인이군요. 타이베이 때 내 목소리를 들었죠?〉

"……."

추측에 확인 사살을 날려주는 말에 브리짓의 얼굴에서 핏기가 빠져나갔다. 그녀는 바짝 긴장한 채 한걸음 물러나며 물었다.

"…제로, 납득이 가는 설명이 필요합니다. 어째서 타락체 이비연이 여기에, 이런 물건을 통해서 우리한테 말을 거는 겁니까?"

"뭐? 타락체 이비연?"

"진짜예요?"

당연하게도 팀원들 모두가 경악했다.

용우는 그 반응이 재미있다는 듯 웃으며 말했다.

"진정해. 설명은 지금부터 할 거니까."

"……."

"브리짓, 쓸데없이 상상력을 부풀리지 마. 당신이 생각하는 최악의 사태 같은 건 일어나지 않았어."

"마인드 리딩이라도 쓴 겁니까?"

"그건 아니고. 뻔히 보여서 그래. 당신이 생각할 만한 최악의 시나리오라면 지난번 전투에서 사실은 내가 비연이를 쓰러뜨린 게 아니라 그녀에게 정신을 장악당한 상태라거나, 뭐 그런 거 아니겠어?"

브리짓이 작게 신음했다. 용우의 추측이 정곡을 찔렀기 때문이다.

"어떻게 된 일이냐 하면……."

용우가 어깨를 으쓱하고는 이야기를 시작했다.

3

"세상에……."

용우에게서 지금까지의 경위를 다 들은 유현애가 입을 헤 벌리고 눈을 껌뻑거렸다.

"그러니까… 이건 말하자면 귀신 들린 창인 거죠?"

〈부정할 수가 없네, 그거…….〉

이비연이 뾰로통한 기색으로 말했다.

용우가 말했다.

"지금은 그렇지. 뭐, 지금 중요한 건 비연이가 사람인지 귀신인지가 아니라 우리에게 그 무엇보다도 귀중한 정보 제공자라는 거야."

"그렇게 넘어가기에는 너무 임팩트가 큰 일 같지만……."

이미나가 쓴웃음을 지었다.

"확실히 세상이 이 모양 이 꼴인데 심령 현상이 긍정된다고 해도 딱히 놀라울 일도 아니겠군요. 당장 적들도 그런 존재들이고, 구세록의 계약자들도 시신에 빙의해서 싸워왔으니……."

생각해 보면 그들은 한참 전부터 오컬트 현상, 그중에서도 네크로맨시를 가까이 하고 있었던 셈이다. 이제 와서 귀신 들린 창에 놀라는 쪽이 더 이상하다.

"그럼 이제 종말의 군단에 대한 모든 걸 알 수 있는 겁니까?"

〈모든 것까지는 아니고요.〉

"음?"

〈내가 타락체가 된 후로 군단에서 고위직 대접을 받기는 했지만 별명이 벙어리 공주였거든요. 다들 커뮤니케이션 대상으로 여기질 않았죠.〉

아무리 전투 능력이 탁월하다 해도 대화가 불가능한 상대에게 중요한 이야기를 하며 의견을 구할 리가 있겠는가?

당연히 그녀는 전략이나 군단의 운영을 논의하는 자리에는 한 번도 불려간 적이 없었다.

〈하지만 그래도 13년이나 지내다 보니까 보고 들은 건 꽤 많아요. 특히 라지알 장군이 나를 앉혀놓고 떠들어대기를 좋아해서…….〉

"장군이라는 직위가 있는 건가?"

용우가 질문하자 이비연이 설명했다.

〈직위라기보다는 별명에 가깝지만, 어쨌든 군주들과 동격으로 대접받는 존재야. 타락체는 군단의 일원이라기보다는 군단과 연합한 외인부대 같은 분위기거든. 군주들과 마찰을 빚는 적도 많았어.〉

그리고 이비연은 그로 인해 발생한 분쟁에 투입되는 일이 잦았다.

몇 번의 전투로 타락체들과 언데드들 양쪽에 강렬한 인상을 심어주면서 '벙어리 공주'라는 별명을 얻게 된 것이다.

"놈의 전투 능력은?"

〈나보다 위야.〉

이비연이 단언하자 모두들 신음했다.

브리짓이 경험한 이비연의 전투 능력은 악몽 그 자체였다. 그런데 그녀보다도 더 강하단 말인가?

〈라지알은 확실히 격이 다른 존재야. 대신 군주만큼이나 큰 제약을 받고 있어. 이 세계에 나오기가 쉽지 않고, 나온다 해도 전력을 발휘하기 힘들겠지. 왕위 계승권자여서 그렇기도 한데…….〉

"왕위 계승권자? 그건 또 뭐야?"

새삼 자신들이 종말의 군단에 대해서, 그리고 14년째 치르고 있는 이 전쟁에 대해서 아는 게 없다는 사실이 실감 난다.

용우가 턱을 쓰다듬으며 말했다.

"그러고 보니 볼더와 싸웠을 때 왕의 길이 어쩌니 하는 소리가 있었는데……."

〈군단에는 종말의 7군주, 그리고 장군은 있지만 왕은 없지. 하지만 주인 없는 왕궁과 비어 있는 옥좌는 있어.〉

종말의 군단에 왕이 존재했던 적은 없다.

따라서 왕궁도, 옥좌도 모두 과거의 누군가가 아니라 미래에 탄생할 왕을 위해 준비된 것이다.

〈이 왕이 정확히 어떤 존재인지는 모르겠어. 라지알의 말로는 왕이 탄생하면 군단은 영원한 영광을 누리게 된다고 해.〉

"침략 전쟁을 벌이는 이유는 그걸 위해서인가? 그 영원한 영광이라는 걸 얻기 위해서?"

〈아마도. 왕위 계승권자들은 문자 그대로 왕이 될 자격을 가진 후보자들이고, 왕이 되는 것을 목표로 하고 있었어.〉

"다른 세계를 침략하는 게 어떻게 영원한 영광으로 연결되는가, 그게 해답이겠군."

〈대충 짐작 가는 건 있지?〉

"그래. 바로 내가… 정확히는 우리가 단서겠지."

"음? 그게 무슨 소리예요?"

유현애가 눈을 동그랗게 뜨고 물었다. 두 사람이 내린 결론을 이해할 수 없었기 때문이다. 그녀만이 아니라 다들 마찬가지였다.

"두 가지만 생각해 보면 돼. 일단 군단은 인간의 영혼을 자원으로 쓰고 있지. 놈들이 게이트를 통해서 지구를 침략해 오는 목적은 우리를 죽이고 영혼을 손에 넣는 거야."

용우가 차분하게 설명했다.

"그리고 어비스의 법칙은 그 안의 구성원이 죽을 때마다 죽은 자가 가졌던 것… 마력을 다루는 것에 관련된 모든 것들이 살아남은 자에게 녹아들어 가서 더 뛰어난 존재로 만들어내지."

그런 과정을 거쳤기에 용우도, 이비연도 비정상적으로 강력한 존재가 될 수 있었다.

"놈들이 수집한 영혼으로 어비스에서 우리가 겪은 일을 재현할 수 있다면 어떨까?"

그들이 서로 싸우고 죽일 거라는 의미는 아니다.

지구에서 수확한 영혼을 통해서 어비스의 각성자들이 서로 죽이면서 겪은 '결과'만을 재현할 수 있다면 어떨까?

왕위 계승권자라 불리는 존재 중 하나에게 그 과정을 몰아준다면?

"그럼 진짜 신을 자처해도 이상하지 않을, 그런 존재가 탄생하지 않을까?"

"확실히……."

24만 명의 인간을 어비스에 몰아놓고 죽고 죽이게 하는 것만으로도 서용우라는, 걸어 다니는 천재지변이나 다름없는 권능의 소유자가 탄생했다.

그런데 그 대상을 지구 전역으로 확대한다면 어떻게 될까?

"심지어 지구만도 아니지. 지구 이전에 두 개의 세계가 있었으니까."

"그게 놈들이 말하는 '왕'이라는 건가?"

"어디까지나 내 추측일 뿐이지만, 놈들이 신적인 존재를 탄생시킬 방법을 갖고 있고 그것을 위해서 이 모든 일들을 벌이고 있다고 해도 이상하진 않다는 거지. 하지만 어비스와 달리 그 일이 실시간으로 그들에게 적용되진 않는 것 같고."

〈그건 맞아. 라지알이 군단의 전력은 제2세계 침략 때와 비교해도 별 차이가 없다고 그랬으니까.〉

"그래도 타락체는 더 늘어나지 않았나? 제2세계와 지구의 어비스에서 보충한 타락체보다 이때까지 죽은 타락체가 더 많은 건가?"

〈아니, 타락체의 수는 확실히 증가해 왔어. 하지만 군단의 병력은 계속 줄어들고 있지.〉

"음? 어째서지?"

용우가 의아해하자 이비연이 말했다.

〈군단은 혼돈과 싸우고 있거든.〉

"혼돈?"

〈그들의 세계는 정보세계잖아. 그 정보세계는 혼돈이라 불리는 영역과 맞닿아 있어. 그리고 그 경계부터 끊임없이 세계가 잡아먹히고 있지. 그들의 세계가 지구라고 치면, 우주가 그

들의 세계에 공격적인 성향을 띠고 있어서 대기권이 야금야
금 깎여 나가는 그런 느낌?〉

"죽어가는 세계라는 건가?"

〈그래. 그 혼돈과 싸워서 침공을 위한 몬스터를 만들어내
지만, 그 과정에서 죽어나가는 자들도 있고.〉

침략자들 또한 다른 무언가에게 공격받는 입장에 있다. 그
것은 지구인들이 전혀 예상치 못한 사실이었다.

〈군단은 영원불멸한 존재가 아니야. 자신들의 세계가 유한
한 수명을 가졌다는 사실을 알지. 그들이 침략 전쟁을 벌이는
근본적인 이유는 바로 그거야. 다른 세계의 영적 자원을 수탈
하지 않으면 수명을 연장할 수 없으니까.〉

＊　　　　＊　　　　＊

팀원들에게 이비연을 소개하고, 중요한 정보를 논의하는 자
리가 끝났다.

용우는 곧바로 이비연을 데리고 어딘가로 향했다.

텔레포트로 도착한 그곳은 어두컴컴한 터널 같은 곳이었다.

하지만 조명이 없어서 알아볼 수 없을 뿐, 그 실체는 상당
히 묘하다. 천연 동굴은 아닌데 인공적으로 만들어졌다고 하
기에는 제대로 된 건축 기술의 흔적이 보이지 않는다.

그런 괴이함을 알아본 이비연이 물었다.

〈여긴 어디야?〉

"미국도 모르는 비밀 장소."

〈응?〉

"내가 만들었어."

용우는 남해 깊숙한 곳에 텔레포트가 아니고서는 출입이 불가능한 지하 공간을 만들었다.

반드시 용우 자신이 사흘에 한 번은 들러서 이 공간을 유지하는 스펠을 갱신해 주지 않으면 안 되는, 탐지도 침입도 불가능한 공간이다.

그 통로의 끝에는 돔 형태로 형성된 공간이 있었다. 그리고 그 한복판에는 둥근 얼음 기둥 하나가 있었는데…….

〈…오빠, 이거 좀 너무한 거 아니야?〉

그 얼음 기둥 속에는 시체 하나가 있었다.

끔찍한 몰골의 시체였다. 일단 머리가 없었고, 양팔도 잘려나간 채였다. 게다가 가슴팍에는 커다란 관통상이 존재해서 심장이 파괴되었음을 알 수 있었다.

그리고 그것은 교복을 입은 소녀의 시체였다.

〈화장이라도 할 것이지 이런 식으로 보존해 놓는 건 또 뭐야?〉

이비연은 그것이 자신의 몸임을 알아볼 수 있었다.

"어쩔 수 없었어. 일단 너를 추출하고, 머리를 날려서 죽인 직후의 상태를 고스란히 보존해야 했으니까."

〈으음……. 오빠가 생각하는 A안이라는 게 내가 생각하는 방법이 맞겠지?〉

죽은 자신의 몸, 그것도 끔찍한 신체 훼손을 당한 시신을 본 이비연은 형용할 수 없는 불쾌감을 느꼈다.

하지만 그런 불쾌감과 별개로 이비연은 용우가 왜 이 시신을 보존해 놓았는지 단박에 이해했다.

〈확실히 머리와 심장이 파괴된 시점에서 타락체 이비연은 죽은 거지. 영혼도 확실히 추출했고.〉

아무리 강력한 타락체라도 베이스가 인간인 이상 뇌가 파괴되면 죽는다.

하지만 이론상으로는 소생이 불가능하진 않았다.

신체가 죽어도 영혼은 곧바로 사라지지 않는다. 타인이 죽은 자의 신체를 고위 치료 스펠로 재생하고, 영혼을 되돌릴 수 있다면 부활이 가능할 것이다.

어비스의 각성자들은 그렇게 생각했다.

〈어디까지나 이론상으로만 가능했지 어비스에서는 불가능했던 건데, 오빠는 지구에서는 가능하다고 생각했구나?〉

문제는 어비스에서는 죽는 순간 영혼이 하늘로 올라가서 성좌의 아바타를 불러냈다는 것이다. 그래서 실제로 부활을 경험한 자는 아무도 없었다.

"재생 그 자체는 어렵지 않으니까."

어비스 중후반기까지 살아남은 자들에게 있어서 신체 일부를 잃는다는 것은 그렇게 절망적인 일이 아니었다.

왜냐하면 팔다리를 잃어도 얼마든지 재생할 수 있었기 때문이다.

심지어 후반기 생존자들은 심장이 파괴당한다 해도 죽지 않았다. 뇌가 파괴당하지만 않는다면 갖가지 방법으로 생명을 유지하고 있다가 어떻게든 신체를 재생할 수 있었으니까.

〈흥미롭네. 오빠가 생각하기에 성공 확률은?〉

"3분의 1."

〈그 애매한 확률은 뭐야?〉

"세 가지 경우의 수가 있어. 첫 번째는 당연히 성공할 경우고……."

두 번째는 시신을 재생시켜 봤자 이비연의 영혼이 그 몸으로 돌아갈 수 없을 경우.

세 번째는 시신을 재생시키면 타락체 이비연이 부활할 경우다.

〈영혼에서 지금의 나, 인격과 기억 데이터를 추출했잖아? 타락체 이비연으로서의 부분은 소멸한 거 아니야?〉

"그렇다고 보기는 하는데, 우리도 타락체라는 것의 본질을 다 파악하진 못했으니까. 그 본질이 우리가 파악한 것과는 다른 차원에 존재한다면?"

〈…그러지 않길 빌어야겠네.〉

이비연은 자신에게 몸이 있다면 분명 식은땀을 흘렸을 것이라고 생각했다.

용우가 그녀가 든 창을 땅에다 꽂아놓고 얼음 기둥으로 다가갔다.

"시작한다."

콰지지직…….

갑자기 얼음 기둥에 금이 가면서 산산이 깨져 나갔다.

그 속에 들어 있던 이비연의 시신에는 거짓말처럼 한 방울의 물도 묻어 있지 않았다. 용우는 염동력 스펠로 시신을 허공에다 고정해 둔 채로 마력을 일으켰다.

—생명의 축복!

지구상에서 오로지 용우만이 터득한, 치료 스펠의 정점에 위치한 최고위 스펠이 발동했다.

후우우우우우!

섬광이 휘몰아치면서 마치 시간을 거꾸로 돌리는 것 같은 현상이 펼쳐지기 시작했다.

이비연의 시신이 급속도로 재생한다.

잘려 나간 양팔이 빠르게 자라나고, 뜯겨 나간 심장이 원래의 모습을 되찾으면서 그 위로 새살이 돋아났다.

그리고 사라진 머리까지도 재생하기 시작한다.

아무리 봐도 세포분열이나, 인체가 지닌 치유 능력을 극대화하는 정도로 가능한 일이 아니었다. 인체를 구성하는 요소들이 어디선가 나타나서 이비연의 시신을 생전의 모습으로 복원하고 있다고밖에 볼 수 없는 광경이다.

"자……."

머리와 심장, 팔까지 완벽하게 재생된 이비연의 시신은 거의 생전의 모습 그대로였다. 심지어 머리칼까지도 용우가 기억하는 단발머리로 자라나 있다.

단 한 가지, 뚜렷한 차이점이 있다면…….

〈이거 성공한 것 같은데?〉

눈동자가 핏빛을 띠고 있지 않았다. 약간 밝은 갈색이었다.

"최악의 사태는 피한 것 같군."

용우가 중얼거렸다.

눈앞의 육신은 더 이상 시신이라고 부를 수 없었다. 심장이 뛰면서 전신에 혈류를 공급하는 생명 반응이 일어나고 있었으니까.

하지만 그 눈빛은 공허했다. 아무런 의지도 느껴지지 않는다.

"그럼 이제… 마지막 작업만 남았군."

용우가 손을 들자 이비연이 들어 있는 창이 그의 손으로 날아와서 잡혔다.

〈오빠.〉

그런데 그때 이비연이 물었다.

〈미리 들어두고 싶은데, B안은 뭐야?〉

"성공하면 알 필요 없고, 실패하면 어차피 알게 될 거야."

〈쩨쩨하게 굴지 말고. 응?〉

이비연이 아양을 떨자 용우가 떨떠름한 표정을 지었다.

〈왜 그래?〉

"아니, 너 원래 이런 성격이었나 싶어서."

〈사람이 절망에 머리끝까지 푹 담그고 있을 때랑 그렇지 않을 때랑 성격을 비교하면 어떡해?〉

"하긴 그렇군. 그래도 지금은 모르고 있는 게 좋아. 괜히 잡념만 생긴다."

〈치사하기는.〉

용우는 피식 웃고는 물었다.

"이제 준비됐어?"

〈응. 해버려.〉

이비연이 단호히 말하자 용우는 고개를 끄덕였다.

그리고…….

푹!

텅 빈 그릇과도 같은 이비연의 육신에 그 창을 가차 없이 찔러 넣었다.

Chapter44

방심은 찔러야 한다

1

　2029년 4월 현재, 유현애는 대한민국에서 가장 주목받는 인물 중에 하나였다.

　원래부터 인지도가 높았지만 팀 섀도우리스가 활동하기 시작한 후부터는 완전히 위상이 달라졌다. 지금의 그녀는 더 이상 신인 취급 따위는 받지 않는다.

　그녀는 딱히 연예인 활동을 하지 않았지만 언론의 취재 요청에 깐깐하게 굴지 않는 편이다. 매력적인 외모를 가졌기 때문에 종종 패션 잡지에 화보가 실리기도 했다.

　"오늘 스케줄 이걸로 끝이죠?"

　막 패션 잡지 화보 촬영을 마친 유현애가 매니저에게 물었다.

"응, 딱히 없어. 왜?"

"아는 사람이 불러서요. 난 놀러 갈 거니까 언니는 이 길로 퇴근하세요."

"같이 안 가도 괜찮아?"

"괜찮아요."

"무슨 약속인데?"

매니저의 물음에 유현애는 생긋 웃으며 말했다.

"쇼핑 도우미요."

*   *   *

언론에 따르면 서울의 공기는 퍼스트 카타스트로피 전과 비교할 때 훨씬 맑아졌다고 한다.

전 세계적으로 화력 발전소들은 거의 자취를 감추었다. 그리고 이제 도로를 달리는 자동차들은 전기차들이다.

그래서일까? 예전을 기억하는 사람에게 있어서 도심의 공기는 생각보다 청정한 느낌을 주었다.

"오빠 생각도 그래?"

용우의 차 옆 좌석에 앉은 단발머리 소녀가 물었다.

열예닐곱 살 정도로 보이는 그녀는 초코바를 오물거리고 있었다.

용우는 대답 대신 눈살을 찌푸렸다.

"그거 꼭 차 안에서 먹어야겠어?"

"응! 아, 물론 오빠 차니까 오빠가 꼭 먹지 말라고 하면 안 먹을게."

"당연히……."

"그러고 보니 내가 이거 몇 년 만에 먹어보는 거더라? 예전 그 맛 그대로네. 막 눈물 나려고 그래."

"…먹어. 얼마든지 먹어."

용우의 말에 행복한 표정을 짓는 단발머리 소녀는 바로 이비연이었다.

용우가 구상한 A안은 성공했다. 처음 시도한 뒤 일주일 동안 잠들어 있던 이비연은 결국 자신의 몸 그대로 부활할 수 있었다.

그게 바로 어제의 일이다.

"근데 보면 볼수록 미래로 날아온 기분이네. 전기차에 자율주행이라니……."

"나도 그랬지."

"오빠는 나보다 더 심했을 것 같아."

"내 체감 시간으로는 3년밖에 안 지났었지."

세상이 이토록 크게 변했을 거라고는 전혀 생각 못 했다. 당연히 아무런 각오도 없었으니 충격이 클 수밖에.

"강남이 이렇게 변하다니……."

이비연이 기억하는 강남은 서울에서 가장 땅값이 높은 곳이었다.

그런데 지금 그녀의 눈에 보이는 것은 지금까지 지나오면서 본 것에 비하면 낙후된 느낌이 드는 거리였다.

용우가 말했다.

"나도 이건 좀 충격이었어. 홍대 부근이 헌터 기업 밀집 지역이 된 것만큼이나⋯⋯."

"거기 건물들 재미있더라. 당장에라도 건물이 변신하면서 거대 로봇이 튀어나올 것 같은 느낌이던데."

이비연이 까르르 웃었다. 그리고 잠시 동안 감상에 젖은 눈으로 강남의 낡은 건물들을 보다가 말했다.

"오빠, 여긴 됐어."

"안 볼 거야?"

"어차피 우리 집이 남아 있는 것도 아니니까. 괜히 추억만 망가질 것 같아."

쓴웃음을 짓는 이비연에게 용우가 물었다.

"그럼 약속 시간까지 좀 시간이 많이 남는데, 뭐 할까?"

"영화라도 볼까? 요즘 영화면 막 화면 밖으로 영상이 튀어나오고 그러는 거 아냐?"

"전용 헤드기어 쓰고 보는 VR(가상현실) 영화들은 그런 것도 있긴 있어."

"그런 영화 보고 싶어."

"검색해 볼게."

곧 용우는 휴대폰으로 현재 상영 중인 VR 영화를 띄워주었다.

이비연이 그중 하나를 고르자, 용우는 곧바로 가까운 영화관으로 향했다.

두 사람은 티켓팅을 하고 콜라와 팝콘 콤보를 산 뒤 영화상영 시간을 기다렸다.

"팝콘 진짜 오랜만이다."

"뭐든지 그렇잖아."

"응. 진짜 그렇네."

이비연은 캐러멜맛 팝콘을 오물거리며 너무나도 행복한 표정을 지었다.

곧 영화 상영 시간이 되었다.

VR 영화가 상영되는 대형관에 입장해서 자리에 앉은 이비연이 투덜거렸다.

"광고하느라 10분 늦게 시작하는 건 바뀌지도 않았네."

"그러게. 나도 영화관에 잘 안 와서 깜빡했군."

퍼스트 카타스트로피 이후 14년, 세상은 정말 SF 영화에 나오던 것처럼 바뀌었는데도 변하지 않은 것들이 있었다. 그리고 그중 하나가 예전에도 욕먹던 프렌차이즈 영화관의 정책이라는 게 어이가 없었다.

그래도 영화는 재미있었다.

배경은 인류가 게이트 재해를 해결한 먼 미래, 미지의 외계

종족이 지구를 침략한다.

그러나 이미 게이트 재해를 극복한 인류는 터무니없이 강력한 전력으로 침략군을 초전에서 몰살시키고, 게이트 기술로 그들의 본거지를 쳐서 끝장내 버린다는 내용의 SF 블록버스터 영화였다.

최신 VR 기술이 적용된 블록버스터 영화는 퍼스트 카타스트로피 이전, 조악한 안경을 쓰고 보는 것만으로 티켓값을 한참 올려 받던 3D 영화와는 비교도 안 될 정도로 뛰어난 기술 수준을 체감할 수 있게 해주었다.

"재밌었어. 근데 각본은 영 꽝이네. 저렇게까지 앞뒤가 안 맞게 만들 수 있다니, 오히려 대단해 보여."

"그런 각본에 2억 달러 넘는 제작비가 투입되는 것도 예전이나 지금이나 안 변한 것 중 하나지."

피식 웃은 용우의 휴대폰에서 띠리링 하는 알림음이 울렸다. 휴대폰을 본 용우가 말했다.

"저쪽은 이미 도착했다는군."

"아, 영화 시간이 좀 길었지. 어떻게 할 거야?"

"차는 나중에 가지러 오면 되니까 바로 가지."

용우는 아무도 없는 곳으로 간 다음 이비연과 함께 약속 장소로, 정확히는 대형 쇼핑 센터의 빌딩 위로 텔레포트했다.

이미 해가 저물어서 하늘은 캄캄해져 있었다. 그러나 주변은 형형색색의 불빛으로 밝혀져 있고 그 안에 수많은 사람들이 보였다.

이비연은 빌딩 옥상 난간에 서서 그 풍경을 내려다보다가 용우를 돌아보며 물었다.

"오빠, B안은 뭐였어?"

"그걸 이제 와서 묻는 거야?"

"지금 생각났어. 어차피 성공했으니 상관없잖아? 알려줘."

잠시 이비연을 보던 용우가 말했다.

"A안이 실패했으면… 널 언데드로 만들었을 거야."

"뭐?"

"몬스터처럼 에너지 코어를 형성하고, 영혼으로 그것을 컨트롤하는 존재를 뭐라고 하지?"

"그야… 언데드지."

충격을 받은 이비연의 목소리가 떨려 나왔다.

"하지만 언데드라니… 날 해골 괴물로 만들 생각이었단 말이야?"

"그런 건 아니야. 뭐, 네가 싫다면 다른 방법도 있는데, 당장 널 전력으로 쓸 수 있는 방법은 그 정도였거든."

용우의 구상은 하스라와 볼더 코어 일부를 떼어내서 융합, 이비연을 위한 새로운 코어를 만들어내는 것이었다.

"네가 그 코어를 장악한다면, 그 코어를 중심으로 육체를 만들 수 있지. 분신을 만드는 요령으로. 구조적으로는 언데드지만 아마 살아 있는 육신이 누리는 감각 자체는 다 누릴 수 있었을 거야."

"아, 과연. 그런 방법이 있구나……."

이비연이 감탄했다. 용우가 얼마나 고심해서 방법을 짜냈는지 알 수 있었기 때문이다.

"그리고 그게 성공할 경우, 시간이 좀 주어지면 진짜 몸도 가질 수 있게 될 거야."

"그건 또 어떻게?"

"A안이 실패한다는 건 네 피와 살에서 재생된 육체는 쓸 수 없다는 뜻이지. 하지만 다른 육체라면 어떨까?"

용우는 인류가 지속적으로 연구해 온 생명공학의 정수, 클로닝을 이용할 생각이었다.

"지금 기술로도 인체 그 자체를 완벽하게 구현하는 건 좀 힘든 모양이지만… 그 부분에 대해서는 치료 스펠을 더해주면 해결되거든. 네 몸은 아니지만, 어쨌든 인간의 몸을 가질 수 있었을 거야."

"……."

치밀하게 여러 가지 방법을 준비한 용우의 설명에 이비연은 말문이 막혔다.

"나 지금 좀 감동했어."

"감동하는 타이밍이 좀 늦은 것 같은데."

용우가 키득거릴 때였다.

조금 떨어진 곳에 한 사람이 텔레포트로 나타났다.

"왜 여기로 오는 거예요? 차 타고 온 거 아니에요?"

그렇게 물은 것은 유현애였다.

그녀를 본 이비연이 탄성을 흘렸다.

"와……."

"왜?"

"연예인 같아서. 진짜 예쁘다……."

"아, 패션 잡지 화보 찍고 오는 길이라 힘 좀 팍 준 거예요. 거기 스타일리스트들 실력이죠."

부끄러워하며 말한 유현애는 확실히 그런 칭찬을 들을 만한 모습이었다.

문득 유현애가 조심스럽게 물었다.

"근데… 이비연 씨 맞죠?"

"맞아요."

"비연 씨라고 부르면 될까요? 앞으로 같은 팀이 될 텐데 이건 좀 딱딱한가?"

"그냥 비연이라고 불러도 돼요. 현애 씨가 저보다 언니일 텐데……."

"그건 아니지."

"응? 뭐라고 했어, 오빠?"

이비연이 째려보자 자기도 모르게 한마디 했던 용우가 재빨리 입을 다물었다.

유현애가 아하하, 하고 어색하게 웃으며 말했다.

"언니라고 부를게요."

"음……."

잠시 고민하던 이비연은 어쩔 수 없다는 듯 말했다.

"그래요. 전 그럼 현애라고 부르면 될까요?"

"말 놓으세요, 그냥."

"그, 그럴까?"

첫 만남부터 거침없이 거리감을 좁혀 오는 유현애의 태도는 이비연에게는 좀 당황스러웠다.

사실 그녀도 어비스에 끌려가기 전만 해도 활달한 중학생이었다. 하지만 어비스에서 3년을 보내고 나니 인간을 대하는 것 자체가 거대한 장벽으로 느껴졌던 것이다.

'역시 친화력은 이 녀석이 최고지.'

용우가 오늘 유현애를 부른 것도 그래서였다.

"밥부터 먹을까요, 아니면 쇼핑부터?"

용우가 유현애를 부른 것은 이비연의 옷을 사주기 위해서였다.

어제 부활한 이비연은 진짜 아무것도 가진 게 없었다. 아직 신분 문제도 해결이 안 되어서 휴대폰조차 없는 처지였다.

지금 입고 있는 옷은 리사 옷을 빌려 입은 것이었고, 본인의 옷을 사는 것에는 유현애의 도움을 받기로 한 것이다.

용우가 말했다.

"쇼핑이 짧게 끝날 리가 없으니까 밥부터 먹지."

"뭐가 좋아요? 생각나는 거 있어요?"

"점심 때 일식 먹었으니 그거 말고 다른 거면 뭐든 좋아요."

"그럼 파스타 먹으러 가요. 맛있는 집이 있으니까."

"아, 파스타 좋아요. 근데… 이런 데서 파스타 먹으면 비싸지 않아요?"

이비연이 조심스럽게 말하자 유현애가 움찔했다. 지금 자신이 무슨 말을 들었는지 이해할 수가 없었다.

그 반응을 본 용우가 큭큭 웃자 이비연이 얼굴을 붉혔다.

"왜, 왜 웃어?"

"그런 걱정을 하는 게 너무 웃겨서."

용우는 당혹스러워하는 유현애에게 말했다.

"애가 금전 감각이 중학생 때 멈춰 있어서 그래. 어비스에 끌려갔을 때 열여섯 살이었거든."

집이 강남이었기에 금전 감각이 궁핍하지는 않았다. 그래도 용돈 받아서 쓰는 중학생이기에 지금 같은 반응이 나올 수밖에 없었다.

유현애가 어색하게 웃었다.

"그, 그랬군요. 설마 그런 말을 들을 줄은 몰라서… 농담하시는 줄 알았어요."

유현애는 타락체 이비연과 직접 싸워본 일은 없다. 그러나 그녀가 얼마나 위험한 존재인지는 귀가 따갑도록 들어서 마음속에 그녀에 대한 공포심이 자리 잡을 정도였다.

그런데 그녀에게서 정말 평범한 학생 입에서 나올 법한 말을 들으니 적응이 안 된다.

'브리짓이 끔찍하다고 했던 게 쬐끔 이해가 가네.'

브리짓은 재앙 그 자체였던 이비연이 용우를 만나는 순간 평범한 소녀 같은 면모를 보인 것이 끔찍하고 기괴하게 느껴졌다고 했다.

유현애는 조금이지만 왜 브리짓이 그런 감상을 느꼈는지 이해할 것 같았다. 브리짓처럼 목숨을 위협받는 상황에서 만난 게 아니라서 끔찍한 건 아니지만 마음속에 각인된 이미지와 너무 달라서 당황스럽다.

용우가 말했다.

"여기 파스타값이야 네가 걱정하는 것보다 더 엄청나지. 그동안 물가가 얼마나 올랐는지 체감할 수 있을 거야."

"하지만 걱정할 필요 없어요. 보니까 이 아저씨가 지갑 역할로 나온 것 같은데, 한국에서 이 아저씨보다 돈 많은 사람이 그렇게 많진 않아요. 아저씨, 오늘 쇼핑에 금액 상한선 같은 거 없는 거죠?"

"없지. 마음껏 질러."

"와……."

이비연이 멍청하니 용우를 바라보다가 말했다.

"지금 오빠가 엄청 멋있어 보였어."

"그 전까지는 안 멋있었고?"

"엄청은 아니고 쬐끔 멋있었었지."

이비연이 한쪽 눈을 찡긋하자 용우가 실소하며 걸음을 옮겼다.

"그럼 가자. 쇼핑 내비게이션, 앞장서."

"사람 불러놓고 내비게이션 취급이에요?"

"코디네이터 유현애 씨라고 불러주랴?"

"그거 좀 괜찮네요. 아, 근데 잠깐만 기다려 봐요. 나 여기 온 김에 변장 좀 하고 갈래요."

"변장?"

이비연이 의아해하자 용우가 설명해 주었다.

"얘 유명인이거든. 그것도 엄청."

"아, 그럼 진짜 연예인?"

"연예인은 아닌데 웬만한 스타보다 더 유명해."

용우가 팀 섀도우리스에 대해서 설명해 주자 이비연이 납득했다.

"그런 거구나. 그럼 진짜 유명할 만하네. 무슨 지구 방위대 같은 느낌이잖아?"

"진짜로 그런 일을 하고 있지."

"오빠 이야기를 들으니 세상이 진짜 변하긴 변했구나 싶네. 이게 현실의 이야기라니……."

그녀 자신도 초인적인 힘의 소유자인데도 현실감이 느껴지지 않았다.

그사이 유현애가 변장을 마쳤다.

"어때요?"

"몰라보겠네요."

이비연이 눈을 동그랗게 떴다.

유현애는 긴 금발 머리 가발과 모자, 그리고 도수 없는 뿔테 안경을 썼을 뿐이다. 그것만으로도 다른 사람처럼 인상이 바뀌었다.

"이 정도만 되어도 대부분은 못 알아봐요. 그럼 가죠."

"……."

이비연이 흠칫했다. 유현애가 거침없이 그녀의 손을 붙잡았기 때문이다.

그녀의 반응을 본 유현애가 아차 하며 물었다.

"아, 미안해요. 손잡는 거 싫어해요?"

그러자 이비연이 황급히 손을 내저었다.

"그런 게 아니라 그냥… 다른 사람이 선뜻 손을 잡는 게 너무 오랜만이라서요."

"……."

그 말에 유현애는 그녀가 어비스에서 얼마나 지옥 같은 시간을 보냈을지 생각하며 안타까운 감정을……

"반사적으로 공격할 뻔했거든요. 보통 손을 잡으면 죽이거나 죽거나 둘 중 하나의 상황이었기 때문에……."

…느낄 뻔했다.

'농담인가?'

그렇게 생각하며 이비연의 얼굴을 봤지만 웃음기라고는 없이 진지하다. 완전 진지하다.

용우가 끼어들었다.

"현애 네가 실수했어. 얘는 아직 이 세상에 돌아온 지 하루밖에 안 됐다고."

"……."

내가 잘못한 건가? 그런 건가?

혼란스러워진 유현애가 이비연을 바라보자 그녀는 정말 다행이라는 듯 안도의 한숨을 내쉬고 있었다.

"아냐, 오빠. 내가 정신을 꽉 잡고 있어야지. 실수로 힘 조절 까먹고 툭 건드리기만 해도 사람이 죽을 수 있는 거잖아."

그 말에 유현애는 정말 자신이 한 행동이 사자의 아가리에 얼굴을 처넣는 것이나 마찬가지였음을 깨달았다.

'죽음은 내 생각보다 더 가까이 있었구나…….'

식은땀을 흘리는 유현애에게 용우가 피식 웃으며 물었다.

"겁먹었어?"

"아, 아니거든요?"

유현애가 발끈해서 부정하자 용우가 빙긋 웃으며 말했다.

"너무 걱정하지 마. 금방 익숙해질 테니까. 어차피 너도 힘 조절 까먹고 사람 치면 죽는 건 똑같잖아?"

"그거야… 그렇지만."

"그리고 다른 사람이라면 모를까, 너는 비연이가 쳐도 한 방에 죽을 일은 없어. 사경을 헤매긴 하겠지만 그 정도는 내가 얼마든지 살려줄 수 있고."

"지금 그걸 위로라고 하는 거예요?"

"물론 아니지."

"……."

"왜?"

용우가 뻔뻔하게 묻자 유현애가 정말 싫다는 표정으로 그를 바라봐 주고는 이비연에게 손을 내밀었다.

"가요. 비싼 밥 먹고 비싼 옷이랑 비싼 가방이랑 비싼 신발이랑 비싼 액세서리를 펑펑 지르자구요."

"아……."

이비연은 잠시 자신에게 내밀어진 유현애의 손과 그녀의 얼굴을 바라보았다. 마치 유현애가 왜 자신에게 손을 내민 건지 알아볼 수 없는 사람처럼.

하지만 유현애는 그 행동에 당황하지 않고 미소 지은 채로 기다려 주었다.

"…네."

잠시 후, 이비연은 조심스럽게 유현애의 손을 잡았다. 마치 조금이라도 힘을 주면 깨져 버릴 무언가를 만지는 것처럼…….

두 사람이 손을 잡고 가는 것을 보며 용우는 흐뭇하게 미소 지었다.

2

일본에서 나고야 수복 작전을 성공시킨 이후, 팀 섀도우리스를 원하는 목소리가 사방에서 날아들었다.

팀 섀도우리스의 매니지먼트를 담당하는 김은혜는 그야말로 눈코 뜰 새 없이 바빠졌다.

헌터 관리부 시절의 동료들, 부하들을 데려오고 크로노스 그룹의 유능한 인재들까지 지원받았는데도 폭주하는 업무량에 치이고 있었다.

하지만 그녀는 그 사실에 불만이 없었다.

[정부는 도저히 포기가 안 되는 모양이에요. 하루에도 몇 번씩 연락이 오는지…….]

"그럴 만도 하지."

용우가 큭큭 웃었다.

한국 정부는 어떻게든 팀 섀도우리스의 운영에 한 발 걸치고 싶어 했다.

국가 입장에서 보면 그들은 너무나도 강력한 외교용 카드다. 정부 입장에서는 어떻게든 그들을 뜻대로 통제하고 싶어 할 만도 했다.

물론 용우는 그런 일을 허락할 생각이 없었다. 한국 정부에 자신들의 운명을 쥐여주느니 한국을 떠나고 만다.

"골치 아픈 놈은 있나?"

[딱히 없어요. 이렇게 일이 쉬워도 되나 싶을 정도인데요.]

김은혜는 인생 최고로 강력한 권력을 쥐고 휘두르고 있었다. 예전에는 얼굴도 올려다볼 수 없었던 정부 인사들이 뭐 마려운 강아지처럼 그녀와 말 한마디라도 섞어보려고 매달리는 상황이 너무나도 즐겁다.

[신 의원이 국세청을 움직여 보겠다고 설쳤는데… 뭐, 내일쯤 기사가 날 거예요.]

"알아서 잘 처리했겠지. 신 의원이 누군지는 모르겠지만."

이런 상황에서도 어떻게든 팀 섀도우리스를 손바닥에 올려놓고 조종해 보겠다는 의지를 불태우는 놈들이 있기는 했다.

하지만 권력자들이 애용해 온 수법들은 팀 섀도우리스 상대로는 전혀 통용되지 않았다.

자기가 정말 팀 섀도우리스를 상대로 뭔가를 해볼 수 있다고 착각한 자들은 하나둘씩 권력의 의자에서 끌어내려져서 나락으로 떨어지고 있었다.

[어쨌든 정부가 완전 울면서 애원하는 수준이에요. 협상 테이블을 마련해 주긴 해야 할 것 같은데요.]

"그 말 하려고 빙빙 돌린 거야?"

[아하하하. 그래요.]

"협상 테이블이라면, 어떻게 하려고?"

[적당히 지원이랑 특혜 좀 받고 긴급한 경우가 아닌, 재해 지역 수복 작전에 대해서만 교섭권을 주면 어떨까 싶어서요. 지원은 마력석으로 뜯어내고, 작전에 의한 모든 이익은 정부에는 한 푼도 안 주는 완전한 면세 혜택을 약속받는 식이면 대외적으로는 정부가 원하는 대로 자존심을 세워주고, 우리는 이익만 알차게 챙길 수 있겠죠.]

"세금 좀 내면 어때? 세금 낼 거 다 내도 어차피 돈은 썩어 넘치는데."

[그, 그렇긴 하지만…….]

난처해하는 김은혜의 목소리에 용우가 피식 웃었다.

"뭐, 마력석 추가 확보라는 점에서 나쁘진 않군."

[진행해도 될까요?]

"그래."

[네. 그럼 오늘 작전 수고하시길.]

통화를 마친 용우가 중얼거렸다.

"딱히 수고할 것도 없는 작전이긴 하지만."

용우는 필리핀의 45미터급 게이트를 처리하기 위해 나와 있었다.

현 시점에서 필리핀은 자체적으로 45미터급 게이트를 처리할 능력이 없는 국가였다. 사실 그럴 수 있는 국가는 세계적으로도 그렇게 많지 않다.

지금까지는 대만이 필리핀의 버팀목이었다. 대만 쪽에서 필리핀 정부에게 대가를 받고 헌터 부대를 파견해서 감당할 수 없는 게이트를 처리해 주는 식이었던 것이다.

하지만 대만은 타이베이 게이트 브레이크 사태 이후로 헌터 전력을 국외로 내보내는 것에 히스테릭한 반응을 보이고 있었다.

그래서 필리핀 정부는 팀 섀도우리스에 도움을 요청했던 것이다.

이에 팀 섀도우리스는 서용우를 포함해서 팀원 다섯 명만을 투입했다.

필리핀 정부는 전원이 아니라 다섯 명만이 왔다는 사실에 놀라고 불쾌해했다. 하지만 국가의 운명이 그들의 활약에 달린 상황에서 섣불리 그런 감정을 드러내지 않을 정도의 자제심은 있었다.

물론 팀 섀도우리스도 필리핀 정부를 모욕하려고 다섯 명만 나선 것은 아니다.

45미터급이면 무슨 일이 일어나도 이 인원만으로 충분하다고 판단했고, 또 언제 어디서 긴급 사태가 벌어질지 알 수 없기에 여유 인원을 남겼을 뿐이다.

'너무 늦어…….'

용우가 스펠 스톤을 꾸준히 공급한 덕분에 인류의 헌터 전력은 가파르게 상승하고 있다.

하지만 이 수혜를 입은 것은 소수의 국가, 원래부터 헌터

강국이라 불린 국가들에 한한다. 그중에서도 최정예라 불리는 자들만이 각성자로서의 세대를 초월하는 역량을 강화할 수 있었다.

어쩔 수 없는 일이었다. 용우가 공급할 수 있는 스펠 스톤의 물량도 한계가 있었으니까.

'놈들에게 시간을 주면 줄수록 불리해.'

지구 인류는 결코 약하지 않다.

퍼스트 카타스트로피 이후 그들은 21세기까지 발달시킨 문명을 기반으로 게이트 재해에 맞서기 시작했고, 빠르게 역량을 강화해 가고 있었다.

하지만 그럼에도 시간은 종말의 군단의 편이다.

'결국 우리가 끝내는 수밖에 없지.'

각성자의 세대를 거듭하면서 인류의 역량이 강화되기를 기다리는 것 또한 이 전쟁의 규칙을 준수하는 것이다. 그리고 규칙을 준수하면 남는 것은 패배뿐이다.

승리하기 위해서는 판 자체를 뒤집어야만 한다. 용우는 그러기 위한 카드를 착착 손에 넣어가고 있었다.

"그럼 가볼까?"

용우는 세 명의 팀원들과 함께 45미터급 게이트에 진입했다.

* * *

이미 서포터 역할을 맡은 필리핀 현지 헌터 팀이 정찰을 끝내둔 상황이다. 이제 위치가 밝혀진 몬스터들을 처리하기만 하면 되었다.

"빙고."

용우는 정찰 데이터를 보며 중얼거렸다.

그들이 원하는 상황이 갖춰졌기 때문이다.

"처음부터 딱 걸릴 줄은 몰랐는데. 곧바로 할 거야?"

그렇게 물은 것은 이비연이었다.

그녀도 팀 섀도우리스에 합류한 것이다. 용우와 마찬가지로 철저하게 정체를 감추고 활동할 예정이었다.

"그러길 바라고 이 멤버로 온 거니까 잘됐지. 하지만 그 전에 일부터 하자고. 너도 일단은 첫 실전이니까 긴장하고."

"노력해 볼게."

"노력해야 할 문제냐?"

"아무리 생각해도 긴장할 만한 상황은 아니잖아?"

"……"

그건 그랬다.

이비연의 힘은 타락체일 때와 동일하다. 다만 오랫동안 육체의 통제권을 잃었기에 전투 감각이 녹슬었을 뿐.

그리고 45미터급 게이트, 최악의 적이라고 해봤자 6등급 몬스터 두 개체가 있을 뿐인 이곳은 그녀에게 긴장감을 불어넣

70 헌터세계의 귀환자

을 만한 곳이 아니다.

이비연이 말했다.

"지급받은 무기들을 쓰는 연습도 해가면서 적당히 하면 되지?"

"그래. 기왕이면 사격 연습도 좀 하든가."

"총은 싫은데……."

이비연은 검이나 창, 도끼 같은 냉병기를 다루는 기술에 있어서는 그야말로 달인의 경지에 올라 있었다. 하지만 총화기를 다루는 것은 완벽한 초보자였다.

어쩔 수 없는 일이다.

용우는 그래도 어비스에 가기 전에 이미 군 생활을 했기 때문에 총화기를 다뤄본 경험이 있다. 하지만 이비연은 평범한 중학생이었을 뿐이다.

지금도 용우에 의해서 소생한 지 채 일주일도 안 됐다. 총화기를 다루는 법은 고작 두 시간 정도 교육받았을 뿐이라 영망진창이었다.

"어쨌든 노력해 볼게."

"그럼 시작하지. 지휘관 개체는 오우거로드. 이놈을 제외한 놈들을 다 처치하되 코어 몬스터 하나는 살려둔다."

그리고 그들은 45미터급 게이트 내부의 몬스터들을 학살하기 시작했다.

평!

이비연이 손날을 휘두르자 10미터쯤 떨어져 있던 오우거 두 마리가 일격에 날아갔다.

일순간에 에너지 칼날을 발출했다 거두는 세련된 기교를 보여준 이비연은 살짝 앞으로 뛰었다.

통통 튀는 것 같은 그 움직임은 옆에서 보면 코믹해 보이기까지 했다. 하지만 그 결과는 실로 참혹했다.

쿵! 쿵! 쿠우우웅!

그녀가 통통 튀는 움직임으로 한 번에 4, 5미터씩 도약해서 지나가는 것만으로도 그곳에 있던 2, 3등급 몬스터 무리들이 박살 나버렸다.

"……"

용우를 제외한 다른 팀원들, 리사와 유현애, 이미나가 할 말을 잃었다.

[저런 게 되는군요…….]

리사가 혀를 내둘렀다.

[힘으로 압도하는 상황이면 저렇게 밟아버리면 되는 거였네요? 생각도 못 해봤네.]

유현애도 어안이 벙벙해졌다.

이비연이 쓴 방법은 간단했다.

허공장끼리 부딪쳐서 그 반동으로 몬스터들을 박살 내버렸다.

이비연 자신의 마력이 어마어마하기에 가능한 일이다. 그리고 그녀가 놀랍도록 감각적으로 허공장을 컨트롤하기에 가능한 일이기도 했다.

"포인트—22 제압 완료. 이렇게 보고하면 되는 거야?"

[그래.]

용우가 혀를 차는 소리가 들렸다.

이비연은 푸홋, 하고 웃으며 말했다.

"저쪽에 큰나무장로 보이는데 그냥 없애면 안 될까? 저 정도는 되어야 좀 손맛이 있을 것 같은데?"

[5등급으로 손맛이 있겠냐?]

"그럼 그냥 6등급 몬스터 하나 처리해 둘까? 어차피 둘이나 있잖아? 하나는 샌드백 삼아서 두들겨 보다가 처리하고 하나는 간이 봉인으로 붙잡아두면 안전할 텐데."

[그러든가. 메탈드레이크 위치 전송해 줄게.]

바이저에 전술 데이터가 뜨는 것을 보며 이비연이 말했다.

"이거 정말 편하다. 확실히 이런 건 지구가 최고인 것 같아."

[놈들의 기술력은 별론가?]

"단순히 기술 그 자체로만 따지면 중세 이하. 누구나 이용할 수 있는 자동화된 시스템이라는 개념 자체가 거의 없어. 가끔 의식을 통해서 대규모 스펠을 발동했을 때나 잠시 공유하는 영역이 생길 뿐이지."

[음? 그런데도 지구 침공이 가능하다고?]

용우가 놀랐다.

종말의 군단이 지구를 침략하는 방식은 정해진 시스템 인프라를 이용하는 느낌이 강했다. 그런데 그들에게는 그런 개념이 없단 말인가?

이비연이 말했다.

"그 시스템은 군단이 만든 게 아닐걸?"

[그럼?]

"구세록의 규칙을 강요당하면서 주어진 걸 거야."

[규칙을 강요하기 위해, 그 규칙 안에서 이용할 수 있는 도구를 쥐여준 거라고?]

"아마도. 오빠가 하스라와 볼더를 처리할 때도 그 영지에 기술력의 산물이라고 할 만한 게 없지 않았어?"

[확실히……]

"군단의 일원이 누리는 편의성이라는 건 곧 개개인의 능력 혹은 권력이야. 우리는 기술의 산물로 누리는 것을 전부 권능으로 해결하는 거지. 자동차나 비행기는 없지만 능력 있는 자는 그보다 빠르고 편하게 이동할 수 있고, 통신기술은 없지만 통신기술을 쓰는 것보다 더 편하게 통신할 수 있어. 어비스에서도 그랬잖아?"

[과연.]

용우는 납득했다.

어비스에서도 그랬다. 주어진 환경이 원시적이었기에 개개인의 능력이 곧 그들이 누릴 수 있는 혜택이었다.

"그럼 재활 훈련 좀 할게."

이비연은 전술 시스템이 알려준 6등급 몬스터에게로 향하기 시작했다.

초인적인 신체 능력에 도약 스펠이 더해지자 한번에 4, 50미터씩 점프해서 나아간다. 무시무시한 속도였다.

표적은 전신이 금속성 비늘로 뒤덮인 도마뱀형 몬스터, 메탈드레이크였다.

땅에 납작 엎드린 자세임에도 체고가 6미터에 달하고 전체 몸길이가 40미터가 넘는 괴물이다. 건물 한 채가 걸어 다니면서 날뛰는 것이나 마찬가지인 스케일을 자랑한다.

그런 몬스터에게 고속으로 접근하는 이비연은 자신의 존재감을 전혀 감추지 않았다.

위험을 감지한 메탈드레이크가 입을 벌리고 화염을 뿜었다.

화아아아아악!

화염방사기의 불처럼 표적에 달라붙어서 오랫동안 불태우는 점착성 화염이다. 덩치가 큰 만큼 뿜어내는 화염의 규모도 커서 그 앞의 나무들이 모조리 불꽃에 휩싸였다.

ㅡ화염포식자!

하지만 그 불꽃은 이비연에게 닿지 못했다.

그녀의 진행 방향 앞쪽에서 나타난 작은 광점으로 불꽃이 거짓말처럼 빨려 들어가서 소멸한다.

동시에 아공간에서 길이 5미터의 꼬챙이 형태의 무기, 돌격창이 나타나 이비연의 손에 쥐어졌다.

—섬광참(閃光斬)!

일순간만 에너지 칼날을 발하는 스펠이 펼쳐졌다.

파악!

그리고 이비연은 그 일순간을 정확히 포착, 메탈드레이크의 위를 날면서 등에다가 돌격창을 꽂아 넣었다.

키에에에엑!

메탈드레이크가 비명을 지르며 몸을 뒤틀었다.

이비연은 허공을 박차고 아래로 떨어져 내리면서 발차기를 날렸다.

—에어 바운드!

쫘아아아아아앙!

대기가 폭발하면서 메탈드레이크의 몸이 허공에 붕 떴다.

몸길이 40미터에 달하는 거체가 붕 떠올라서 그대로 숲에 처박혔다. 그 기세로 나무와 땅을 갈아엎으면서 몇 바퀴나 굴러갔다.

"아, 확실히 감이 떨어졌네. 약간씩 어긋나고 있어."

[그래도 공백이 10년도 넘는 것치고는 잘하는데.]

"너무 점수가 후한 거 아니야?"

이비연이 메탈드레이크에게 걸어간다. 조금도 서두르는 기색이 없는, 느긋한 발걸음이었다.

그 앞에서 메탈드레이크가 충격에서 벗어나서 몸을 일으키고 있었다.

다가오는 이비연을 보는 메탈드레이크의 눈에는 혼란이 가득했다.

공포를 느끼기에는 상대가 너무 왜소했기 때문이다.

몸집이 작은 것만이 아니다. 몬스터는 본능적으로 상대의 강함을 감지하며, 그 기준은 마력이었다.

그런데 자신을 압도한 이비연은 마력도 별로 강하지 않았다. 메탈드레이크 입장에서는 혼란스러울 수밖에.

용우는 전술 데이터를 보며 혀를 내둘렀다.

'점수가 후하긴. 전술 시스템도 제대로 캐치를 못 할 정돈데.'

지금 이비연이 보여주는 것은 실로 무서운 기술이다.

그녀는 스펠을 발하는 순간을 제외하면 마력을 페이즈 5~7 정도로 억누르고 있었다. 오로지 스펠을 발하는 순간에만 출력을 높이는데, 그 순간이 너무나 짧아서 마력 계측 장치조차도 제대로 포착하지 못하고 있는 게 아닌가?

팀 섀도우리스에 천재들이 많지만 다들 흉내도 못 낼 기술이다.

키이이이이이!

메탈드레이크가 날카로운 울음소리를 내며 꼬리를 휘둘렀다.

그 꼬리에는 고열의 에너지를 방출하는 기관이 딸려 있다. 꼬리를 한번 휘두르는 것만으로도 주변이 초토화된다.

순간 이비연이 급가속하면서 앞으로 뛰어들었다.

그 범위 안쪽으로 파고들기 위해서가 아니었다. 휘둘러진 꼬리의 끝단이 치는 지점, 운동에너지가 극대화되는 범위에 들어가서 멈춰 섰다.

—칼날 붙잡기!

고속으로 날아드는 꼬리 끝을 향해 그녀가 손을 뻗었다.

[어?]

유현애가 경악했다.

이비연이 뻗은 손과 닿는 순간, 메탈드레이크의 꼬리는 그때까지의 운동에너지가 존재하지 않았던 것처럼 멈춰 서버린 게 아닌가?

용우가 설명해 주었다.

[대상의 운동에너지를 소멸시키는 스펠을 쓴 거야.]

그 설명만 들으면 굉장히 유용한 스펠일 것 같다. 하지만 실제로는 리스크가 너무 커서 거의 쓰이지 않는 스펠이었다.

섬광참과 마찬가지로 스펠의 효과가 극히 짧았기 때문이다. 정말 칼날을 붙잡듯이 한순간의 타이밍을 포착해야만 의미가 있다.

"조금씩 감이 돌아오는걸?"

이비연이 일부러 리스크를 짊어지면서 곡예 같은 싸움을

하고 있었다.

힘을 억제하고, 가속 스펠조차 배제한 채로 극한의 타이밍 포착에 도전한다. 그리고 놀랍게도 단 한 번도 실패하지 않고 모조리 성공하고 있었다.

투학!

아가리를 벌려 이비연을 덮친 메탈드레이크의 머리통이 땅에 처박힌다.

좌아아아아아!

몸으로 이비연을 깔아뭉개려던 메탈드레이크는 그 아래쪽으로 파고든 이비연의 던지기에 걸려서 산에 처박혔다.

"나 계속 놀아도 되는 거야?"

[시간이야 많으니 마음대로 해도 돼. 다른 쪽은 다 끝났어.]

이비연이 메탈드레이크를 상대로 재활훈련을 하는 동안 서용우와 리사, 유현애가 다른 몬스터들을 모두 정리했다.

"그래? 그럼 나도 끝내고 갈게. 이거 상대로 연습할 건 대충 다 한 것 같으니까."

이비연은 훌쩍 몸을 날렸다.

콰아아아아앙!

그리고 뇌전을 휘감은 발차기로 메탈드레이크의 숨통을 끊은 그녀가 중얼거렸다.

"그럼 이제는 역습인가? 좀 두근거리네."

게이트 제압 작전은 오픈 게임이었을 뿐이다. 이제 메인이벤

트를 시작할 차례였다.

3

　종말의 군단의 침략은 멈추지 않는다.

　매일매일 세계 곳곳에서 크고 작은 게이트가 열리고, 인간
이 죽어나간다.

　그 전쟁에 침략자의 희생은 없다.

　죽어가는 것은 언제나 침략당하는 인류뿐.

　몬스터가 아무리 죽어도 군단에게는 피해가 없다. 그들에
게 있어서 몬스터는 무인 병기 같은 것이니까. 몬스터가 죽는
것은 물자 손실이지 누군가의 희생이 아니다.

　하지만 그렇다 해도 손실은 손실이다. 어차피 손실을 피할
수 없다면 조금이라도 값지게 써먹어야 하지 않겠는가?

　그래서 그들은 지휘관 개체를 투입하고 있었다.

　저등급 몬스터라는 값싼 자원을 이용, 병력이 전사할 위험
없이 작전의 효율성을 몇 배로 올릴 수 있으니 쓰지 않을 이
유가 없었다.

　〈으음……!〉

　3등급 휴머노이드 몬스터, 오우거에 빙의한 언데드가 신음
했다.

　군단은 전술적 승리를 위해서 지휘관 개체를 투입하지 않

는다.

그들이 등장한 초창기라면 모를까, 그 존재가 인지된 지금은 허를 찌르기는 힘들어졌다. 그저 부담이 늘어날 뿐.

지휘관 개체 또한 그 사실을 잘 알고 있었다. 그는 승리하기 위해서가 아니라 인간들을 곤란하게 만드는 것을 즐겼다.

그들에게 있어서 이것은 워 게임이나 다름없다. 불리한 상황에서 적에게 조금이라도 더 큰 출혈을 강요하는 것을 목적으로 하는.

"놀이는 이제 끝이다."

그 앞에 팀 섀도우리스가 나타났다.

그들은 어마어마한 화력으로 몬스터들을 섬멸하고 지휘관 개체를 포박했다.

〈날 어쩔 셈이지?〉

지휘관 개체가 긴장하며 물었다.

이들은 자신을 오우거의 몸에 가두고 고통을 줄 수단을 가진 자들이다. 그 사실을 체감했기에 그는 게임 감각에서 벗어나서 두려움을 느끼고 있었다.

용우가 말했다.

"글쎄, 일단 고문이나 좀 할까?"

〈뭐라고?〉

"우웩, 아저씨. 그런 건 혼자 있을 때 하세요. 악취미잖아요."

유현애가 투덜거리자 용우가 어깨를 으쓱했다.

"하긴 이런 말단을 공들여서 망가뜨리는 건 시간이 아깝지. 좋아. 그럼 시작해 볼까?"

그러자 유현애와 이미나, 리사 세 사람이 다가왔다.

용우는 결박한 오우거의 머리에 손을 얹으며 말했다.

"다들 내 손 위에 손을 얹어."

세 사람이 그 말에 따르자 용우가 이비연에게 물었다.

"너는 안 갈래?"

"어차피 한 명은 남아서 여길 지켜야 하잖아? 어차피 나는 실험이 필요 없고, 조금이라도 노출을 줄이는 게 이득일 거야. 이번 일은 오빠 혼자서도 충분할 테니까."

"그래."

"내가 말해준 것들, 다 기억하지?"

"물론."

이비연은 많은 것들을 이야기해 주었다.

군단에 대해서, 이제부터 용우가 가야 할 곳에 대해서.

그리고 용우가 그곳에서 무엇을 노려야 하는지까지도.

용우가 유현애, 이미나, 리사 세 사람에게 물었다.

"준비됐어?"

"아, 잠깐만요. 심호흡 좀 하고."

유현애가 손을 들더니 심호흡을 몇 번 했다. 그녀 입장에서는 극도로 긴장될 수밖에 없는 순간이기에 용우도 타박하지 않고 가만히 지켜봐 주었다.

"이제 됐어요. 가요."

"그럼 간다. 정신 똑바로 차려."

용우의 의식이 또다시 종말의 군단의 본거지, 정보세계를 향해 날았다.

그리고 이번에는 그 혼자만이 아니었다.

*　　　*　　　*

종말의 군단의 병력은 각각의 세계에 흩어져 있었다.

그러나 전략 수행을 통제하는 컨트롤 센터는 그 중심부라고 할 수 있는, 주인 없는 왕궁이 자리한 세계에 존재한다.

언데드 병력이 지구로 향한 게이트 안의 휴머노이드 몬스터에게 빙의하는 작업 또한 마찬가지였다.

그들은 지구로 통하는 게이트들의 규모가 얼마나 되는지, 그 안에는 어떤 몬스터들이 존재하는지 알 수 있다.

혼돈의 괴물들을 죽이고, 그 시체를 가공해서 만들어낸 몬스터는 게이트라는 현상을 통해서 정보세계와 물질세계의 경계를 넘나드는 것이 가능하다.

다만 그 본질은 어디까지나 지성 없는 괴물이다.

그렇기에 지성체에서 비롯된 언데드들이 위험 없이 빙의할 수 있는 대상은 상당히 한정적이었다.

일단 휴머노이드 몬스터여야 한다. 그리고 휴머노이드 몬스터라 할지라도 고등급 몬스터는 안 된다. 고등급 몬스터일수록 생명체에서 거리가 멀어지기 때문이다.

가령 7등급 몬스터인 암흑거인의 경우 생명체라고 볼 수도 없다. 오히려 의념으로 통제되는 에너지 덩어리라는 점에서 언데드에 가깝다. 그러면서도 지성이 없고, 이해할 수 없는 의식 세계를 갖고 있다.

이것이 지금까지 지휘관 개체가 저등급 휴머노이드 몬스터로만 나타난 이유였다.

"자, 그러면……."

용우는 지휘관 개체의 정신적 연결을 이용, 정보세계로 날아왔다.

앞선 두 번은 군주 개체를 통해서였지만, 꼭 그래야만 할 이유는 없었다. 지휘관 개체도 동일하게 써먹을 수 있는 것이다.

종말의 군단은 지금까지 한 번도 그런 일을 당해본 적이 없었다. 그래서 지휘관 개체를 계속 투입하는 것이 얼마나 위험한 짓인지 깨닫지 못했다.

"군사시설이라는 느낌은 별로 안 드는 곳이군."

용우는 주변을 둘러보았다.

별로 크지 않은 방이었다.

그 한복판에는 둥근 석판이 놓여 있는데 그 석판에는 갖가지 스펠이 걸려서 작동하고 있다는 것을 알 수 있었다.

그리고 그 힘이 작용하는 것은 그 위에 앉아 있는 존재다. 검은색 위로 백색의 무늬가 들어간 제복을 입은 해골이었다.

바로 조금 전까지 게이트 안에서 마주하고 있었던 자, 오우거의 몸에 빙의해 있는 언데드다.

용우가 방을 살펴보고 있을 때 옆에서 지직거리는 노이즈가 발생했다.

그리고 허공을 일그러뜨리면서 하나의 인영이 나타났다.

"으, 윽……."

유현애였다.

용우는 정보세계에 익숙해져 있어서 진입하자마자 적응할 수 있지만 다른 팀원들은 그렇지 못하다. 지구에서 제한적인 정보공간을 만들어내서 훈련을 하기는 했지만, 이 정보세계에 진입하는 것은 또 다른 이야기다.

우주비행사들이 특별한 훈련 시설에서 훈련을 하는 것과 실제로 우주에 나갔을 때의 차이라고나 할까?

"이거 진짜 인식을 고정하기가 힘들어요."

유현애가 자신의 손을 보며 말했다. 용우에게 훈련받아서 익숙해졌다고 생각했는데 역시 실전에 나서니 뜻대로 안 된다.

조금만 집중이 흐트러지면 노이즈가 발생하면서 몸의 형상이 흐트러진다. 그럴 때마다 마력 소모가 발생하고, 당장에라도 이 세계 바깥으로 날아가 버릴 듯 아찔한 감각이 엄습해

왔다.

"쉬운 일은 아니지. 그래도 시간이 지나면 익숙해질 거야."

용우는 그녀를 구박하지 않았다. 물질세계의 주민에게 있어서 정보세계에 진입해서 뜻대로 움직이는 것은 꽤나 난이도가 높은 일이니까.

"근데 아저씨, 그 가면은 뭐예요?"

용우는 매끈한 가면으로 얼굴을 가리고 있었다. 총기류는 구현 못 해도 이런 단순한 물건은 얼마든지 구현할 수 있는 것이다.

"놈들을 헷갈리게 만들려고."

"의미가 있어요, 그거?"

"없으면 어쩔 수 없는 거고."

이비연이 말하길 광휘의 데바나를 통해서 용우의 정체가 군단에 알려졌다고 했다.

그런 상황에서 적들이 용우를 인식하면 곧바로 군주들과 최정예 타락체들이 달려올 수도 있지 않겠는가?

그래서 용우는 조금이라도 시간을 벌기 위해 잡스러운 방법을 동원하고 있었다.

유현애가 말했다.

"근데 역시 배틀 슈트는 구현이 안 되네요. 뭐, 알몸이 아닌게 다행인가?"

유현애의 모습은 전투에 나서기 위한 준비와는 거리가 멀었다. 캐주얼한 셔츠와 재킷, 그리고 청바지를 입은 모습이라 밖에서 친구들이랑 놀러 나온 것 같다.

"……"

"왜요?"

"그렇게 말하니 확실히… 미리 연습을 시켜두길 잘했다 싶어서."

연습을 안 시켜줬으면 옷을 구현하지 못했을지도 모른다. 여기에 여성 3인방이 알몸으로 나타난다면 정말 민망하지 않았겠는가?

치지지직…….

그때 그녀의 옆에서 노이즈가 발생했다.

그리고 잠시 후, 리사가 나타났다.

"으윽……"

리사는 쉽게 스스로를 안정시키지 못하고 비틀거렸다.

하지만 그것도 오래가지는 않았다.

"이제 괜찮아요."

리사는 유현애보다는 늦었지만 조금 시간이 지나자 완벽하게 안정화에 성공했다. 그녀는 좀 신기해하면서 스스로를 살펴보았다.

"훈련 때하고 비슷한 느낌이에요."

"네가 몽상가라서 그런지도 모르겠군."

리사는 훈련 때도 정보세계를 그리 낯설게 느끼지 않았다.

"아티팩트는 구현할 수 있을 것 같아?"

"해볼게요."

유현애와 리사가 정신을 집중했다.

그러자 허공에서 붉은빛이 일어나더니 유현애의 어깨에 붉은 갑옷 파츠 같은 것이 장착되었다. 용우가 형태를 바꿔준 아티팩트 불꽃의 활이었다.

"되네요."

씩 웃는 유현애를 보며 용우는 생각했다.

'확실히 이 녀석은 천재야.'

첫 실전인데 여기까지 해낼 줄은 몰랐다. 정보세계에서 자신을 구현하고 얼마나 유지할 수 있느냐가 관건이었는데, 약간의 마력 손실이 있었을 뿐 전투를 위한 조건을 완벽하게 충족시키고 있지 않은가?

심지어 그녀보다 정보세계를 친숙하게 느끼는 리사보다도 적응이 빠르다. 그것은 분명 유현애에게 분명한 기준점이 존재하기 때문일 것이다.

마력이라는 기준점이.

유현애는 마력 컨트롤 감각에 있어서는 휴고나 차준혁조차 능가하는 천재성의 소유자다. 물질세계와 정보세계에서 동일하게 적용되는 힘, 마력에 대한 장악력이 뛰어나기에 이토록 빠른 적응이 가능한 것이다.

"저도 됐어요."

그에 비해 리사는 천재성은 없지만, 남들에게 없는 특이성이 있다.

그녀는 정보세계에 적응하는 데 시간은 걸릴지언정 어려움을 느끼지 않는다. 일단 적응하고 나자 놀라울 정도로 안정적 상태를 유지하면서 아티팩트 빙설의 창까지 구현해 냈다.

"캡틴."

하지만 한참 늦게 나타난 이미나는 쓴웃음을 짓고 있었다.

"아무래도 이번에는 난 도움이 안 될 것 같군요."

"진입에 성공한 것만으로도 성과입니다."

"그렇기는 하지만… 으, 자괴감이 드는데요."

이미나는 좀처럼 스스로를 안정화시키지 못했다. 지속적으로 노이즈가 발생하면서 그녀의 마력이 빠르게 소모된다. 이대로 가면 5분도 못 버티고 몸으로 돌아가게 될 것이다.

하지만 이게 정상이다. 그녀는 훈련과 경험을 통해서 구축한 실력을 안정적으로 발휘하는 타입이지, 비정상적으로 뛰어난 감각의 소유자가 아니었으니까.

"가설이 맞았다는 걸 확인한 것만으로도 충분합니다."

유현애, 이미나, 리사.

용우가 선택한 세 사람의 공통점은 바로 구세록의 계약자가 아니라는 점이다.

세 사람은 용우가 지닌 성좌의 무기의 계승 후보로 설정되었고, 아티팩트를 매개체로 해서 그 힘을 끌어다 쓸 수 있었다.

하지만 그 힘의 본류라고 할 수 있는 용우가 구세록의 계약자가 아니기에, 그들 역시 구세록의 제약에서 벗어나 있었다. 그 사실은 이미 차준혁과 브리짓 카르타의 협력을 받은 실험으로 입증된 바였다.

'이제 이곳에 쳐들어오는 것도 나 혼자가 아니다.'

이미나가 전력이 되기까지는 좀 시간이 걸릴 것이다.

그러나 유현애와 리사가 이곳에 익숙해지고 나면 그때부터는 종말의 군단에 몇 배의 출혈을 강요할 수 있게 된다.

용우가 이미나에게 말했다.

"기왕이면 마력을 좀 써보기나 하고 이탈하세요. 그냥 있는 것보다는 그게 나을 겁니다."

"어디다 쓸까요?"

"벽이라도 날려 버리시죠."

"그럼 발각되잖아요?"

"어차피 발각은 됐습니다."

"네?"

"진짜요?"

그 말에 세 사람이 놀랐다.

"아까부터 텔레포트해서 오는 걸 막고 있던 참입니다."

침입은 맨 처음 용우가 진입하고 나서 채 5초도 지나지 않아서 들켰다. 군사시설이라 그런지 상시 모니터링이 이뤄지고 있었던 모양이다.

용우는 적들이 텔레포트해 오려는 것을 카운터 스펠인 '공허 문지기'로 막고 있었다. 그러자 적들이 지속적으로 텔레포트를 시도해서 용우에게 압박을 가하는 한편, 병력을 모아서 복도를 통해 접근해 오는 것이 감지되었다.

"일단 문이랑 벽을 날려 버리세요."

이미나가 그 말에 따라서 스펠을 발했다.

콰과과광……!

문이 달린 벽이 통째로 날아가 버렸다.

"…이거 마력을 열 배 넘게 낭비한 것 같은데."

안정화가 어려운 상태에서 스펠을 발하자 낭비가 장난 아니다. 이미나는 새삼 자괴감을 느꼈다.

"하다 보면 익숙해질 겁니다. 그리고 그 상태로는 전투를 치를 수 없어요. 괜히 위험을 감수하지 말고 마력 다 될 때까지 다 때려 부수고 이탈하세요."

"그러죠."

이미나는 미련 없이 고개를 끄덕였다.

쾅! 콰과과과광!

그리고 사방팔방으로 스펠을 난사해서 벽과 천장을 때려 부수고는 마력이 위험수위까지 떨어지자 곧바로 물질세계로 돌아갔다.

"리사, 현애. 이놈을 지키고 있어. 내가 말해준 기준을 넘는 놈이 나타나면 고집부리지 말고 바로 빠지고."

용우가 오우거로드에 빙의하고 있는 언데드를 가리키며 말했다.

리사가 물었다.

"선생님은요?"

"계획대로 한다. 놈들에게 지금까지 불법으로 즐긴 게임의 요금을 받아내야지."

용우는 그렇게 말하고는 부서진 벽으로 걸어 나갔다.

〈너는…….〉

복도로 나가는 순간, 그 앞에 검과 방패로 무장한 해골병사 하나가 나타났다.

쾅!

그리고 나타난 지 1초도 안 되어서 용우의 주먹에 머리통이 날아갔다.

일부러 텔레포트하도록 방치한 뒤, 나오자마자 기습을 가해서 끝장낸 것이다.

〈네놈은 누구냐!〉

조금 멀찍한 곳에 텔레포트한 적이 물었다.

척 봐도 지휘관처럼 보이는 놈이었다. 오우거로드에 빙의한 놈처럼 검은색 위로 백색의 무늬가 들어간 제복을 입은 해골이었다.

'사관인가?'

그 뒤로 검과 방패로 무장한 해골병사들이 속속 나타난다.

용우는 잠깐 그들이 모이기를 기다렸다가 한 걸음 내디뎠다.

〈말이 안 통하는 놈이군! 일단 끓려놓고 차분하게…….〉

해골 사관은 말을 끝까지 잇지 못했다.

초가속해서 뛰어든 용우의 주먹이 그의 상반신을 통째로 날려 버렸기 때문이다.

꽈과과과광……!

주먹에 실린 뇌전이 타격 순간 폭발, 확산되면서 그 자리에 모인 해골병사들을 모조리 박살 냈다.

"왔군."

문득 용우가 뒤를 돌아보았다.

유현애와 리사가 있는 곳으로 적들이 텔레포트한 것이 감지되었기 때문이다.

'생각보다 잘하는군. 당분간은 괜찮겠어.'

뒤쪽에서 요란한 전투의 소음이 울렸다.

셀레스티얼로 변신한 유현애와 리사가 적들을 격파하고 있었다.

공격해 오는 언데드들은 제법 강력하다. 용우가 정보세계에서 최전성기의 힘을 되찾아서 쉽게 처리했을 뿐.

해골병사들만 해도 지구의 최정예 헌터들을 상회한다고 봐도 좋았다. 하나하나의 마력이 6등급 몬스터 이상이었고, 전원이 텔레포트 스펠을 보유한 것만 봐도 알 수 있지 않은가?

그러나 지금의 용우 앞에서는 잡병일 뿐이다.

〈이놈은 대체 뭐냐? 마력도 별 볼 일 없는 주제에…….〉

적들은 용우의 정체를 몰라서 당황하고 있었다.

용우가 아까 전까지 이비연이 했던 짓을 모방하고 있었기 때문이다.

의도적으로 마력을 낮춰서 자신의 존재감을 줄인다.

또한 마력 패턴을 바꿔서 그들의 정보에 혼선을 준다.

어비스에서의 경험에 따르면 언데드들은 시각 정보보다도 마력 정보에 의존하는 바가 컸다. 그러니 마력 패턴을 바꾸는 것만으로도 동일 인물이라고 생각하지 못할 것이다.

'결국은 발각되겠지만.'

그렇다고 하더라도 용우의 입장에서는 적들이 자신의 위험성을 제대로 파악하지 못하는 시간이 귀중하다.

쾅! 콰광!

용우는 큰 파괴력을 내기보다는 접근전으로 언데드들을 박살 내면서 밖으로 나왔다.

"호오."

높다란 벽이 존재하는 공간에 용우에게 익숙한 존재가 기다리고 있었다.

〈어디의 누구인지 모르겠으나…….〉

검보랏빛 안개가 자욱하게 퍼져 나가는 가운데, 그 한복판에 새카만 옷으로 전신을 두르고, 후드 아래로는 짙은 어둠이

드리워져서 얼굴이 보이지 않는 자가 있었다.

〈일단 죽인다. 답을 듣는 것은 그다음이다.〉

어비스에서 몇 번이고 싸웠던 고위 언데드, 사령술사였다.

거대한 마력이 전개되면서, 검보랏빛 안개 속에서 무수한 그림자가 일어나기 시작했다.

언데드의 진정한 무서움은 시체가 널려 있는 장소에서 발휘된다. 그리고 용우는 조금 전까지 수십에 달하는 군단의 병력을 박살 내왔다.

이미 죽은 자들이 파괴당한 잔해를 시체라고 할 수 있을까?

적어도 고위 언데드에게는 그런 것 같았다. 그는 죽은 동료들의 영혼에 싸울 몸을 부여하며 선언했다.

〈네가 죽인 자들이 곧 나의 군세. 너는 원한의 힘을 뼈에 새기게 될 것이다.〉

용우는 가면 속에서 환하게 웃었다.

Chapter45

열쇠

1

유현애와 리사는 정신없이 싸우고 있었다.

콰콰콰콰쾅!

적들이 둘을 포위하고 공격을 퍼부어댄다.

처음에는 육박전을 노렸지만 번번이 격파당하자 포위진을
형성, 화력전으로 몰고 가고 있었다.

⟨흥!⟩

하지만 유현애도, 리사도 호락호락하지 않았다.

—프리징 필드!

아티팩트 빙설의 창을 지닌 리사가 극저온의 파동을 폭발
시켰다.

일순간에 주변이 하얗게 얼어붙으면서 언데드 병사들의 공격이 멈춘다.

―초열광(焦熱光)!

직후 아티팩트 불꽃의 활을 지닌 유현애가 초고열의 섬광을 쏘아냈다.

화아아아악!

불꽃이 폭발하면서 포위망에 구멍이 뚫렸다.

유현애와 리사는 서로에게 가속 스펠을 걸면서 그 구멍으로 탈출, 곧바로 반전하면서 포위망 바깥에서 공격을 퍼부었다.

언데드 병사들도 응전하지만 둘의 출력을 따라잡지 못한다.

―염동빙결탄 동시다발!

리사가 한기가 응축된 에너지탄 12발을 한꺼번에 발사했다.

콰과과과광!

언데드 병사들은 방패로 막으면서 물러난다. 지휘관을 중심으로 한 연계가 잘되고 있어서 방어가 단단했다.

〈만만치 않네요.〉

유현애의 말에 리사가 말없이 고개를 끄덕였다.

하나하나의 힘은 그녀들에게 크게 못 미친다. 하지만 훈련된 군대의 연계는 상당히 위협적이었다.

'우리가 어떻게 여기 온 건지는 아직 모르나 보네.'

유현애와 리사는 이미 지켜야 할 존재, 오우거로드에 빙의 중인 언데드를 내팽개쳤다. 그럴 수밖에 없는 상황이었으니까.

하지만 적들은 그 언데드를 없앨 생각은 전혀 없어 보였다. 유현애와 리사가 그의 존재를 닻으로 삼아서 정보세계에 정박하는 배와 같음을 모른다는 뜻이다.

〈어리석은 것들.〉

그 앞에 새로운 언데드 하나가 나타났다.

다른 언데드들과 달리 중세 서양의 기사처럼 육중한 갑옷을 입은 해골기사였다.

〈와.〉

본능이 위험 신호를 보낸다. 해골기사의 마력은 유현애의 그것을 확실히 웃돌았다.

'어비스에는 우리보다 강한 언데드가 수두룩했다더니.'

정말로 그랬던 모양이다. 유현애는 곧바로 결단을 내렸다.

〈언니, 튀죠.〉

〈그래.〉

리사가 고개를 끄덕였다.

적들이 안티 텔레포트 필드를 펼쳐서 텔레포트로 도망칠 수는 없지만 상관없었다.

콰콰콰콰콰쾅!

두 사람은 마력 관리를 내팽개치고 최대 출력으로 화력전을 퍼부었다.

그리고 그것으로 적들과 거리가 생기자마자 유현애가 최후의 스펠을 발동했다.

—선다운 버스트!

그리고 두 사람은 스펠이 발동하자마자 정보세계에서 이탈했다.

〈아니?!〉

둘의 존재감이 꺼지듯이 사라지자 해골기사가 경악했다. 안티 텔레포트 필드가 펼쳐져 있는데 이런 식으로 사라질 수 있단 말인가?

그리고…….

콰아아아아아앙!

대폭발이 그 자리를 집어삼켰다.

＊　　　　＊　　　　＊

용우가 어비스에서 만난 타락체는 기본적으로 못하는 게 없는 올라운더들이다.

그에 비해 언데드들은 각자 실력과 특기 분야가 천차만별이었다. 격투전에 뛰어난 놈이 있는가 하면 대규모 화력전에 뛰어난 놈도 있다.

그중에서는 인간이든 괴물이든 죽어서 시체가 되는 순간, 자신의 꼭두각시 병사로 삼아버리는 가공할 능력의 소유자들도 있었다.

사령술사.

죽음이 범람하는 전장에서 그 위력이 극대화되는 존재.

'재밌군. 시체가 없어도, 오직 죽은 자의 영혼만으로도 이게 성립한다니.'

하지만 그것은 '시체'가 있을 때나 가능한 일이었다.

용우는 만나는 적들을 죄다 산산조각으로 박살 내면서 여기까지 왔다. 그런데도 영혼을 소재로 꼭두각시 병사를 만들어내다니, 어비스에서는 겪어보지 못한 패턴이다.

'정보세계라서 그런 건가? 아니면 이놈이 특별한 건가?'

볼더와 싸울 때는 이런 경우를 보지 못했다. 하지만 그때는 용우와 볼더의 격돌이 빚어내는 여파가 워낙 어마어마해서 이런 재주가 끼어들 여지가 없기도 했다.

'볼더가 영혼을 모조리 거두기도 했었고.'

아무래도 이 의문은 같은 재주를 가진 다른 놈을 만나기 전까지는 해결되지 않을 것 같았다.

'어느 쪽이든 상관은 없지만.'

그리고 지금의 용우에게는 의문의 답이 무엇이든 별로 상관이 없었다.

지금의 그는 눈앞의 적이 무슨 수단을 쓴다 해도 분쇄할 수 있는 힘을 가졌으니까.

〈죽인다!〉

그렇게 외치며 달려든 것은 새카만 어둠으로 이루어진 실루엣이었다.

인간을 닮은 그 실루엣, 고위 언데드가 죽은 자의 영혼으로 만들어낸 사령병사(死靈兵士)가 원한에 찬 외침을 내지르며 용우에게 뛰어들었다.

쾅!

그리고 용우의 일권에 분쇄당했다.

하지만 사령병사는 하나가 아니었다. 자욱하게 깔린 검보랏빛 안개 속에서 우후죽순으로 일어나는 실루엣은 적어도 100개체를 넘는다.

투콱!

용우가 한 걸음 내디디면서 앞에 있던 놈을 쳐서 박살 냈다.

〈크악!〉

옆에서 뛰어들던 놈이 순식간에 방향을 전환한 용우의 팔꿈치에 맞고 터져 나가고.

콰콰콰콰콰콰!

소나기처럼 쏘아져 나가는 펀치 연타가 손이 닿는 거리에 들어온 모든 개체를 분쇄한다.

〈…….〉

그 광경에 사령술사는 말문이 막혀 버렸다.

지금 눈앞에서 일어나는 일은 대체 무엇이란 말인가?

죽은 자를 일으켜 세워서 꼭두각시 병사로 쓰는 사령술사의 재주는 굉장히 효율이 높다. 특히 그들의 원한이 향하는 적과 싸울 때의 효율은 최고다. 굳이 그들을 지배하느라 마력을 낭비할 것도 없이 전폭적인 협력을 받을 수 있으니까.

그런데…….

〈너는 뭐냐?〉

사령병사 한 개체보다도 약한 마력을 지닌 존재가 사령병사들을 학살하면서 다가온다.

〈대체 뭐냔 말이다!〉

강대한 마력을 지닌 존재가 압도적인 화력으로 공격해 온다면 이해할 수 있었다.

하지만 가면을 쓴 적은 공격 수단 중에서도 가장 저열한 것, 신체에 의한 타격만으로 사령병사들을 분쇄하고 있지 않은가?

─염동…….

위협을 느낀 사령술사가 화력전으로 전환하려는 순간이었다.

콰직!

갑자기 눈앞에 나타난 용우의 손이 그의 몸통을 꿰뚫었다.

〈이, 이런 짓이 가능하다고……?〉

그 순간 사령술사는 모든 것을 이해할 수 있었다.

자신의 허공장을 버터처럼 갈라 버린 용우의 일격에는 그가 감당할 수 없는 힘이 담겨 있었기 때문이다.

"놀이는 이쯤 해둘까?"

용우가 잔인하게 웃을 때였다.

콰아아아아아앙!

폭음이 대지를 뒤흔들었다.

용우가 뒤를 흘끔 돌아보았다.

'잘 빠져나갔나.'

그의 뒤쪽, 성채의 일부처럼 보이는 거대한 건물이 내부에서부터 터져 나가고 있었다.

유현애와 리사가 이탈하면서 남긴 선다운 버스트가 폭발한 것이다. 그 결과 그들이 정보세계에 존재하기 위한 닻으로 삼고 있었던 언데드도 박살 났지만…….

'나도 적당히 하다 빠져야겠군.'

용우는 상관없었다.

군단의 정보세계에 진입하는 것도 벌써 세 번째, 이제는 지구의 존재에 빙의한 자의 연결을 닻으로 삼지 않아도 존재를 유지할 수 있게 된 것이다.

쿠르르릉……!

폭발의 여파는 용우가 있는 곳까지도 닿았다.

충격파가 주변을 휩쓸고, 지반이 붕괴하면서 용우가 있는 지점도 땅속으로 끌려들어 간다.

그러나 용우는 느긋하게 걸음을 옮겼다.

여전히 가면을 쓰고 있는 그의 손에는 조금 전까지 전투를 벌인 사령술사의 머리가 들려 있었다.

〈크, 어억…….〉

몸을 잃고 머리만 남은 사령술사는 경악을 금치 못했다.

"옛날 생각나서 좀 재밌었다."

어비스에서 싸울 때의 기억이 떠올랐다.

그때는 이렇게 쉽게 해치우지 못했다. 한 번, 한 번의 싸움이 칼날 위를 걷는 듯 아슬아슬한 기억으로 남아 있다.

하지만 지금의 용우에게 있어서 이 사령술사는 잔챙이일 뿐이다.

'이걸 성장이라고 해야 할까?'

스스로도 그 의문에 답할 수 없었다. 그 사실이 재미있어서 용우는 히죽 웃었다.

"그럼 잘 가라."

용우는 사령술사의 머리를 박살 내버리고는 땅을 박차고 도약했다.

쿠구구구궁……!

결국 지반이 무너지면서 앞을 가로막고 있던 벽도 무너져 내린다.

용우는 도약 스펠로 하늘 높이 도약한 채로 그 너머를 바라보았다.

"여기가 놈들의 심장부인가."

그곳은 섬 위에 세워진 도시였다.

하지만 그 섬부터가 특이했다. 끝없이 펼쳐진 운해 한복판에 떠 있는 천공섬이었으니까.

면적은 제주도의 두 배쯤 될 것이다. 그 면적의 7할은 도시로 채워져 있었다.

도시는 구획에 따라서 군사시설로 보이는 것들로 차 있는 구획과 거주 구획, 그리고 용도를 알 수 없는 기이한 시설들로 가득한 중심 구획으로 나뉘어 있었다.

용우가 나온 곳은 군사시설로 보이는 구획이었다.

'엄청난 마력.'

용도를 알 수 없는 기이한 시설들로 가득한 중심 구획에서 어마어마한 마력이 느껴졌다. 군주들보다도 더 거대한 힘, 거대한 시설이기에 집약될 수 있는 힘이다.

그 위로 거대한 구조물들이 보였다.

길이가 1킬로미터는 되는 것 같은 어마어마한 크기의 검은 기둥 일곱 개가 원진을 구성하고 있었다.

이 기둥의 표면에서는 기이한 문자와 문장들이 빛을 발하고 있었는데, 그 빛의 색깔은 기둥마다 달랐다. 그리고 원진을 따라 서서히 회전하고 있는 그 기둥들 중에 두 개는 다른 다섯 개에 비해 빛이 약해져 있었다.

'비연이 말대로 누가 봐도 종말의 7군주와 관련이 있어 보이는군.'

기둥 하나하나가 각각의 군주들에게 대응하는 것 같았다. 빛이 약해진 두 개는 하스라와 볼더의 것이 아닐까?

눈에 보이는 광경은 이비연이 말해준 것과 동일했다.

종말의 군단의 심장부, 왕의 섬이다.

'저게 주인 없는 왕궁인가?'

일곱 개의 기둥 위에는 웅장한 궁전이 있었다. 영롱한 빛이 궁전 주변을 휘돌면서 그 형상을 제대로 알아볼 수 없게 만들었고, 궁전을 중심으로 구름이 수백 킬로미터에 걸쳐 소용돌이치면서 펼쳐져 있었다.

시각을 압도하는 장관이지만 저것은 분명 그 자체로 강력한 마력으로 통제되는 결계일 것이다.

파파파파파……!

그때 지상에서 빛이 번뜩이며 무수한 섬광과 에너지탄이 날아올랐다.

군사시설의 소동 때문에 병력이 집결하고 있는 것이다. 그리고 용우의 존재를 포착하고 공격을 가해오고 있다.

"왔나. 대응이 늦군."

용우는 도약 스펠로 허공을 밟고 뛰면서 곡예에 가까운 회피기동을 펼쳤다.

그러다가 어느 순간, 텔레포트로 지상에 내려서면서 주먹을 날렸다.

퍼엉!

위를 보고 있던 해골병사 하나가 산산조각 나서 터져 나갔다.

퍼퍼퍼퍼펑!

그리고 연달아 내지르는 주먹의 충격파가 확산되면서 주변을 쓸어버렸다.

〈이놈!〉

하지만 전부 잔챙이만 있는 것은 아니었다.

척 봐도 사령술사로 보이는 고위 언데드를 공격하는 순간, 그 앞을 사관의 제복을 입은 언데드가 가로막았다.

'제법.'

순간순간 폭발적인 파괴력을 내는 용우의 주먹을 잡아낸 것만으로도 언데드 사관의 힘은 증명되었다.

하지만 제법일 뿐이다.

콰앙!

폭음이 울리며 언데드 사관이 터져 나갔다.

주먹을 잡힌 채로 발한 충격이 그의 허공장을 가뿐하게 관통한 것이다.

〈……!〉

그리고 그 뒤에서 규모가 큰 스펠을 준비하던 사령술사가 급히 몸을 날렸다.

콰콰콰콰쾅!

동시다발적으로 쏟아진 스펠이 용우를 폭격한다. 진행하던 스펠을 즉시 취소하고, 용우를 저지하기 위한 최선의 수단을 고른 것이다.

콰직!

그러나 다음 순간, 사령술사의 팔이 부러졌다.

"가까이 붙는 거, 싫어하지?"

용우가 속삭였다.

이런 타입은 지긋지긋할 정도로 봐왔다. 거리를 두고 벌이는 화력전에는 능하지만 접근전에는 취약한 타입이다.

〈이……!〉

사령술사는 말을 끝까지 잇지 못했다.

용우의 주먹이 머리통을 날려 버렸기 때문이다. 용우는 그것으로 만족하지 않고 몸을 완전히 으깨서 부활의 여지를 없애려고 했다.

콰아아아앙!

하지만 그때 극초음속으로 날아든 에너지탄이 옆에 떨어져서 폭발했다.

정확히 용우를 겨냥한 공격이었다. 용우는 악의를 통찰하는 능력으로 사전에 그 조짐을 눈치채고 피했다.

콰쾅! 콰과과광!

저편에서 극초음속으로 날아든 에너지탄이 연달아 폭발했다. 심지어 그 공격의 바리에이션이 다양하다.

'안티 텔레포트 필드.'

공간 이동을 봉쇄해서 그가 도망치는 것을 막는다.

'흡력 필드.'

피격 지점으로부터 주변의 모든 것을 끌어들이는 강력한 흡력이 발생해서 그의 움직임을 방해한다.

〈건방진 놈. 설치는 것도 여기까지다.〉

그리고 멀리 떨어진 곳의 건물 위에 해골기사 하나가 나타났다.

하지만 그 해골기사는 접근하지 않았다. 거리를 두고 갖가지 언데드들이 나타나서 포위망을 형성하고…….

콰콰쾅! 콰과과과광!

극초음속의 포격이 쉴 새 없이 쏟아진다.

관측병들이 위치를 지정하면 포병들이 그 지점을 때린다.

지극히 단순한 전법이었다.

'재밌군. 어비스에서는 저런 거 쓰는 놈이 없었는데?'

관측병들과 포병들은 맨몸으로 스펠을 쓰고 있는 게 아니었다. 관측용 도구와 포격용 무기를 쓰고 있는 것이다. 특정한 스펠의 위력을 증폭시켜 주는 효과가 있는 것 같았다.

'이놈들, 아직도…….'

용우는 포격에 직격당하는 걸 피하면서 적들의 움직임을 기다렸다.

'군주나 타락체를 부르지 않는 건가? 급박함이 느껴지지 않는데.'

그것은 용우의 장난질이 아직도 들통 나지 않고 먹히고 있다는 뜻이었다.

'하지만 방심은 금물이지.'

당장 이 자리에 집결한 놈들만 해도 위험했다. 포위망을 형성하는 언데드의 숫자가 1천을 넘었고, 그중에서는 9등급 몬스터 수준의 마력을 가진 놈들도 있었으니까.

"어디 군단의 심장부는 얼마나 방어가 단단한지 볼까?"

용우는 그렇게 중얼거리며 하늘을 올려다보았다.

〈음?〉

그리고 언데드들 역시 하나둘씩 하늘을 올려다보기 시작했다.

저 너머에서 뭔가가 다가오고 있다. 터무니없이 불길한 것이.

용우는 이곳에 진입하는 순간, 볼더와 싸울 때와 똑같은 스펠을 발동해 두었다.

일부러 지연 작업을 걸어서 타이밍을 조절해 둔 그 스펠이 지금 이 순간 하늘 저편에서 구현되었다.

─눈보라의 용!

하늘에서 거대한 백색의 용이 내려오고 있었다.

2

그것은 냉기 그 자체로 이루어진 거대한 용이다. 아무런 소리도 없이 하늘에 끝없는 하얀 선을 그려내면서 지상에 가까워져 간다.

천공과 대지를 이을 때까지 계속될 그 선은 세상에서 가장 긴 얼음 기둥이었다.

〈종말급 스펠?〉

〈말도 안 돼! 누가?〉

그들은 경악을 금치 못했다.

용우는 그들이 충격에 빠지는 틈을 놓치지 않았다.

〈아니?!〉

순간 언데드들이 용우를 보며 놀랐다.

용우가 억눌렀던 마력을 일거에 개방했기 때문이다. 이 자리에 있는 가장 강대한 언데드를 훨씬 능가하는 마력이 솟구쳤다.

─선다운 버스트 연속 투하!

종말급 스펠이 다가오는 것보다 빠르게, 하늘에서 가느다란 빛줄기들이 떨어져 내렸다.

콰아아아아아아아!

전술핵에 필적하는 위력이 도시 곳곳에서 폭발했다.

왕의 섬은 섬으로서는 대단히 넓다. 제주도의 두 배나 되니까.

하지만 그래 봤자 전술핵이 연달아 터진다면 일순간에 죽음의 땅으로 변할 크기에 불과했다.

그래야 정상이었다.

'강력하군.'

용우는 해일 같은 마력으로 주변을 폭격하면서 눈살을 찌푸렸다.

왕의 섬은 특별한 장소였다.

용우가 그토록 강력한 힘으로 폭격하고 있는데도 생각보다 파괴 규모가 적었다. 섬을 수호하는 강력한 결계가 스펠의 위력을 감쇄시키고 있기 때문이었다.

일점 집중형의 공격은 상관없다. 그러나 일정 규모 이상의 파괴를 목적으로 하는 공격은 쓸모가 없어진다.

'훌륭한 방어 시스템이다. 역시 심장부를 대책 없이 놔두진 않았어.'

용우는 그렇게 생각하며 상공에 위치한 주인 없는 왕궁을 바라보았다.

언데드들이 우왕좌왕하는 사이 종말급 스펠, 눈보라의 용이 그곳에 도달했다.

콰아아아아아아아!

상공에서 어마어마한 냉기가 폭발했다.

그 힘은 이 왕의 섬보다 훨씬 광활한 땅이라도 일순간에 얼어붙은 세계로 바꿔놓고도 남는다. 일격으로 한 문명을 끝장낼 수도 있기에 종말급 스펠이라는 거창한 칭호로 불리는 것이다.

그러나…….

'확인했다. 기습으로 이놈들을 끝장내는 건 불가능해.'

용우는 상공에서 벌어지는 일을 보고는 그 사실을 이해했다.

눈보라의 용이 주인 없는 왕궁에 도달해서 폭발하는 순간, 그 주변에 무수한 광점이 나타났다. 그리고 그 광점들이 폭발하는 한기를 쉬지 않고 빨아들이는 게 아닌가?

눈보라의 용은 왕의 섬의 기온을 약간 떨어뜨리는 정도의 결과만을 남기고 소멸해 버렸다.

〈이놈!〉

그리고 적들이 다시금 공격을 가하기 시작했다.

콰콰콰콰쾅!

사방팔방에서 갖가지 효과를 가진 에너지탄 포격이 쏟아진다.

폭염이 터지고, 뇌전이 퍼져 나가고, 텔레포트가 봉쇄되고, 대지가 뒤흔들리며 흡력 필드가 펼쳐진다.

뿐만 아니다.

그 사이사이에 섞여서 날카로운 텔레파시 공격이 날아들었다.

다수의 고위 언데드가 힘을 합쳐 펼치는 텔레파시 공격은 용우조차도 지속적으로 심력을 소모하게 만들었다.

'슬슬 때가 됐군.'

포위망이 점점 견고해지고 있다.

그 사실을 감지한 용우가 계획을 다음 단계로 넘겼다.

―일루전 큐브!

그러자 외부로부터의 관측을 막는 환영의 큐브가 펼쳐진다.

하나가 아니다. 연속적으로 펼쳐지는데 하나하나가 가로세로 500미터를 감쌀 정도로 컸다.

언데드 지휘관이 웃었다.

〈눈을 가리겠다? 가소롭군!〉

원거리 포격이 정확하게 날아드는 것은 관측병이 좌표를 설정해 주는 덕분이다. 그러니 눈을 가리면 포격의 정확성을 떨어뜨릴 수 있다.

당연한 이치였다. 당연하기에 공격하는 측에서도 그 문제에 대비하고 있었다.

콰콰쾅!

일루전 큐브 안에서 폭음이 울려 퍼진다.

포격은 단 한순간도 주춤하지 않았다. 정확도가 떨어지지도 않았다.

왜냐하면 언데드 관측병들은 시각에 의존하지 않기 때문이다.

〈고작 눈을 가리는 것으로 벗어날 수 있다고 생각했느냐?〉

그들의 관측 기술에서 시각이 차지하는 비중은 5퍼센트 미만이다.

그들은 적의 마력을 감지한다. 적의 정신파를 감지한다. 적의 주변에 배치한 무수한 공간좌표 설정 포인트를 이용한다.

〈하찮구나! 과연 미개한 세계의 버러지다운 발상이다!〉

지휘관이 미친 듯이 웃었다.

*   *   *

하나의 세계와 전쟁을 마칠 때마다 군단의 적은 약해져 갔다.

제1세계의 초월권족은 신처럼 위대한 존재들이었다. 군단은 그들을 상대로 승리하지 못했다. 서로를 파멸시켰을 뿐.

제2세계의 신성한 돌은 단순하지만 강대한 존재들이었다. 군단은 치열한 전쟁 끝에 기어이 승리를 거두었지만, 얻은 것과 잃은 것이 엇비슷한 상처뿐인 승리였다.

그에 비해 제3세계는 어떤가?

군단이 보기에 그곳은 실로 기괴한 세계였다. 모든 것이 이상해서, 보고 있노라면 끔찍함을 느낄 정도였다.

지구의 인류 숫자는 너무 많았다.

제1세계의 인류는 1억 미만이었다.

제2세계의 인류는 그보다 많았지만, 그럼에도 1억 7천만을 넘지 않았다.

　하지만 그들이 침공을 개시했을 때, 지구 인류는 73억 명을 넘었다. 그 숫자에 수뇌부가 자신들의 관측 결과를 의심하고, 몇 번이고 교차검증을 한 후에는 질려 버렸을 정도였다.

　이 정도로 압도적인 숫자를 상대로 승산이 있을까?

　회의적이었다. 도저히 이길 수 있을 것 같지가 않았다.

　하지만 그들은 싸워야 했다. 그들을 속박한 저주는 싸움을 피할 수 없게 만들었기 때문이다.

　그리고 그 결과는 놀라웠다.

　〈머릿수 말고는 믿을 게 없는 버러지! 버러지답게 죽어라!〉

　제3세계의 인류는 마력을 다루지 못했다.

　아무도 마력을 다루지 못한다는 것이 의미하는 바는 간단했다.

　제1세계의 초월권족처럼 위대한 존재도, 제2세계의 신성한 돌처럼 강대한 존재도 없다.

　뿐만 아니라 군단의 기준으로는 전투원 자체가 존재하지 않는다는 뜻이다.

　군단은 충격을 받았다.

　어떻게 이런 세계가 존재한단 말인가? 마력조차 다루지 못하는 버러지만으로 구성된 문명이 이토록 어마어마한 규모를 이루는 게 가능하단 말인가?

그것이 의미하는 바는 분명했다.

'제3세계는 우리의 숙원을 이뤄줄 보물섬이다.'

비록 마력도 없는 버러지들뿐이라고는 하지만 73억을 넘어가는 어마어마한 영혼을 수확할 수 있다면?

무엇보다 73억이라는 숫자 중에 군단 기준의 전투원이 단 한 명도 없다는 것이 중요하다. 앞선 두 번의 전쟁보다 훨씬 적은 피해로, 비교도 안 될 정도로 어마어마한 이득을 노릴 수 있는 것이다.

그리고 전쟁은 믿을 수 없을 정도로 수월하게 흘러갔다.

개전(開戰)하기 전에 거쳐 가는 의식, 어비스에서 이상이 발생하기는 했지만 그것 말고는 모든 것이 좋았다.

제3세계를 지키는 의무를 부여받은 일곱 기둥은 어처구니없을 정도로 약했고, 군단의 병력 손실은 전혀 없이 오로지 몬스터만으로도 20억을 넘는 영혼을 수확할 수 있었으니까.

하지만 그들의 행복한 상상은 어느 순간부터 일그러지기 시작했다.

*　　　*　　　*

포격은 계속된다. 포위망이 견고해지면서 포격은 더욱 다양하고 강해져 갔다.

그러나 어느 순간, 일루전 큐브 안쪽에서 빛이 뿜어져 나왔다.

파아아아아!

일루전 큐브를 찢어발기며 뿜어진 빛이 둥근 막을 이루었다. 동시에 그 질감이 매끈하게 잘린 얼음판처럼 변화했다.

―오만의 거울 광역화(廣域化)!

시간차로 쏘아지던 수백 발의 에너지탄이 모조리 되튕겨졌다.

콰콰콰콰쾅……!

서서히 포위망을 좁히고 있던 언데드들이 비명을 질렀다.

모든 포격을 에너지탄으로만 구성한 것은 실수였다.

오만의 거울은 에너지탄에는 절대적인 방어력을 자랑한다.

'광역화? 혼자서 이런 게 가능한가?'

언데드 지휘관들은 경악을 금치 못했다.

용우가 펼친 기술은 여러 술자가 연합해서 펼쳐야만 구현할 수 있는 것이다. 그것을 혼자서, 그것도 쉬지 않고 쏟아지는 포격을 정신없이 피하는 와중에 펼치다니?

쩌저저정!

직후 오만의 거울이 깨져 나갔다.

에너지탄에는 절대적인 방어력을 발휘하지만 물리력에는 어이없을 정도로 취약하다. 아무리 강대한 자가 펼쳐도 돌멩

이 투척에도 망가질 정도였다. 그렇기에 주변에서 일어난 폭발의 충격파가 닿는 것만으로도 산산이 깨져 나간 것이다.

하지만 그것만으로도 충분했다. 포격이 멈췄으니까.

〈저건 설마?〉

언데드 지휘관이 놀랐다.

용우의 손에 한 자루 양손 대검이 쥐어져 있었다. 얼음을 깎아 만든 것 같은 특이한 질감의 무기였다.

〈…기둥?〉

성좌의 무기, 빙설의 창이었다.

〈이제야 알겠군. 네놈, 군주 살해자로구나!〉

그들은 비로소 하스라와 볼더를 죽인 군주 살해자가 눈앞에 있음을 알아차렸다.

〈놈을 잡아! 죽이지 말고 사로잡아야 한다! 어떻게든 살려서 봉인해!〉

언데드 지휘관은 방침을 바꿨다.

기둥이 눈앞에 있다. 이 전쟁을 그들의 승리로 끝낼 수 있는 보물이.

하지만 저 기둥을 손에 넣을 수 있는 것은 오로지 군주뿐이다. 그것도 저 기둥에 대응하는 군주만이 그럴 수 있다.

문제는 하스라가 소멸했다는 것이다.

애당초 군단에는 군주의 자리를 계승한다는 개념 자체가 없었다. 하스라의 코어가 깨진 채라도 남아 있었다면 모를까,

남김없이 소실되었으니 대안 자체가 존재하지 않게 되어버렸다.

그런 상황에서 기둥을 확보하려면, 일단 현 소유주인 용우가 생존해 있어야 한다.

〈머리랑 몸만 남겨주마!〉

더 이상의 포격은 없었다. 동료들에게 가속 스펠과 강화 스펠을 잔뜩 받은 해골기사들이 검을 들고 뛰어들었다.

퍽!

그들의 검이 용우에게 꽂혔다.

하지만 용우는 미동도 하지 않았다. 검을 몸으로 받아낸 채로 심드렁하게 말했다.

"이 목숨이 다할 때까지 싸워주지."

〈뭐?〉

그들은 자신들의 공격이 용우의 허공장에 붙잡혔다는 사실에 경악했다.

콰쾅!

그리고 그 사실을 깨닫는 순간 폭사(爆死)했다.

"…자신이 존재하는 목적을 안다. 이것도 꽤나 기분이 더럽군."

우우우우우!

동시에 용우의 마력이 폭증하기 시작했다.

〈크윽, 본색을 드러내느냐?〉

"이 악몽이 끝날 때까지 어울려 줘야겠다, 괴물들."

용우는 가면 속에서 웃으며 하늘을 올려다보았다.

*   *   *

주인 없는 왕궁은 강력한 방어 시스템으로 보호되고 있었다.

외부의 공격으로 이 웅장한 건축물을 부수는 것은 불가능하다. 종말급 스펠조차도 그 방어 시스템을 어쩌지 못했다.

자격이 없는 자는 결코 이 안으로 들어올 수 없다. 그리고 종말의 군단을 통틀어도 그 자격을 가진 자는 많지 않았다.

하지만 그 방어 시스템 안쪽을 한 사람이 걷고 있었다.

매끈한 가면을 쓴 흑발의 남자, 서용우였다.

'요즘 마력석 소모가 너무 심하군. 뭔 일만 했다 하면 톤 단위로 날아가니, 이거야 원······.'

주인 없는 왕궁의 아래쪽, 왕의 섬에서는 격전이 펼쳐지고 있었다.

성좌의 무기 빙설의 창을 든 서용우와 천 명을 넘는 언데드 군단의 격전.

승자와 패자가 결정된 싸움이었다.

다른 곳이었다면 모를까, 아무리 용우가 강해도 왕의 섬에서는 머릿수의 차이를 당해내기 어렵다. 만만치 않은 놈들도 꽤나 많았고, 적들을 일거에 쓸어버릴 수 있는 화력이 큰 기술들이 봉쇄당했기 때문이다.

하지만 상관없다.

지금 싸우고 있는 용우는 진짜가 아니었으니까.

'이렇게나 공들인 분신과 모조품은 처음인데, 10분은 버텨 주겠지.'

용우가 일루전 큐브를 펼쳤던 것은 관측병들의 관측을 막기 위해서가 아니었다. 잠시 눈을 가려놓고, 강렬한 존재감으로 적들의 마력 감지를 혼란시키며 분신과 교대하기 위해서였다.

'시간과 물자가 주어지면 이렇게나 일이 편해지는 것을.'

그것은 용우가 이제까지 형성한 그 어떤 분신보다도 강력하고 정교하게 만들어진 분신체였다.

그리고 그 손에 들린 성좌의 무기 빙설의 창도 진짜가 아니라 만든 모조품이었다.

하지만 그 완성도는 용우가 지금까지 즉석에서 만들어냈던 것들과는 차원이 다르다.

저것은 용우가 군주들과 싸울 때를 대비해 만들어낸 결전 병기였다. 저 분신체와 모조품을 만들기 위해서 10톤 가까운 마력석이 투입되었으며, 완성하기까지 일주일이라는 시간이 걸렸다.

지금의 용우에게는 어비스에 있을 때 이상으로 막대한 물자가 있다. 어비스에서는 좀처럼 주어지지 않았던 시간과 여유가 있다.

그리고 적의 실체를 알고, 어떻게 싸워서 무엇을 이뤄야 할지가 명확하게 잡혀 있다.

이런 요소들이 결합되니 용우는 그 어느 때보다도 무서운 존재가 될 수 있었다.

치직…….

용우가 열린 문을 통과하자 작은 스파크가 튀었다.

현대의 시큐리티 시스템을 닮은 보안시스템이 존재하고 있었다. 그럼에도 용우는 거침없이 주인 없는 왕궁을 걷는다.

왜냐하면 그에게는 하스라 코어가 있기 때문이다.

'코어가 안 먹혔으면 골치 아팠겠어.'

용우도 주인 없는 왕궁의 결계를 어쩌기는 어려웠을 것이다. 어떻게든 뚫을 수야 있었겠지만 그동안 군주들을 불러 모으지 않았을까?

'아, 왔군.'

용우는 천장을 바라보며 미소 지었다.

거대한 존재감이 느껴진다. 다른 언데드들과는 격이 다른 무언가가 오고 있다.

군주가 분명했다.

3

구구구구……!

하늘이 진동한다.

꽈르릉! 꽈광!

뇌전이 하늘을 찢어발기며 지상으로 내리꽂힌다.

그리고 그 뇌전에 맞은 해골병사 하나가 급격하게 변화하기 시작했다.

온몸이 뇌전 그 자체로 이루어진 모습으로.

'빙의는 세계를 뛰어넘을 때만 쓰는 게 아니었군.'

용우는 흥미로 눈을 빛냈다.

불꽃의 볼더와 싸웠을 때, 광휘의 데바나가 그 세계에 자신을 투영했던 것과 비슷하다. 그때와의 차이점이라면 투영된 군주를 담을 그릇이 존재한다는 것뿐.

그리고 그 한 가지가 결과를 완전히 바꿔놓았다.

'뇌전의 에우라스.'

지구에서 군주 개체로 만나본 적이 있는 놈이었다. 물론 지금의 그와는 완전히 별격의 존재겠지만.

'온 것은 한 놈. 하지만 전원이 보고 있다.'

용우는 하늘에 드리워진 군주들의 존재감을 느꼈다.

나선 것은 에우라스 하나. 하지만 군주 전원이 스스로를 투영해서 상황을 관찰하고 있었다.

'경계하고 있는 건가?'

선불리 나섰다가 전혀 상상치 못한 방법으로 허를 찔리는 것을 두려워한다면 이해 못 할 것도 아니었다. 이미 하스라와 볼더가 그렇게 당했으니까.

'내게는 좋은 일이지. 어쨌든 서둘러야겠군.'

용우는 상황을 관찰하면서도 멈춰서 있지 않았다.

아무도 없이 텅 빈, 그럼에도 수백 명의 전문가가 관리하는 것처럼 화려하고 깔끔한 궁전 안을 고속으로 탐색하고 있었다.

목적지는 이미 정해져 있었다.

'쓸데없이 복잡해.'

용우는 짜증을 냈다. 주인 없는 왕궁은 넓고, 복잡해서 길을 찾기 쉽지 않았다.

성질 같아서는 그냥 다 때려 부수면서 목적지까지 일직선으로 가고 싶다. 하지만 그럴 수 없는 상황이라 일일이 길을 찾을 수밖에 없었다.

'역시 거드름 피우기를 좋아하는 놈들은 좋아.'

지상의 전투는 잠시 소강상태에 들어갔다.

수하의 몸으로 강림한 에우라스가 용우의 분신을 상대로 이러쿵저러쿵 떠들어대고 있기 때문이었다. 용우 입장에서는 시간을 끌어주니 고마울 따름인지라 적당한 말로 상대해 주고 있었다.

'아, 성질 급한 놈이군. 조금만 더 나불거려 줄 것이지.'

용우가 혀를 찼다.

뇌전의 에우라스는 그리 참을성이 깊은 성품이 아니었다. 게이트 안에서 봤을 때처럼 폭급해서 신경을 좀 긁으니 곧바로 폭발했다.

'내 분신 대 군주의 빙의체라… 어떻게 될까?'

결과는 곧 알게 될 것이다.

용우는 싸움이 끝나기 전에 목적지에 도착했다.

주인 없는 왕궁의 최하층에.

'정말로 있었군.'

그곳에 들어선 용우는 찾던 것을 발견하고 환하게 웃었다.

*　　　　*　　　　*

뇌전의 에우라스는 강대한 권능의 소유자였다.

쫘르릉! 쫘과과과과광!

뇌전이 폭풍처럼 주변을 휩쓸었다. 모든 것이 빛에 휘감겨서 울부짖고 있었다.

파악!

그러나 어느 순간, 뇌전의 격류가 거짓말처럼 끊어진다.

그리고 초고밀도의 에너지 칼날이 수십 미터나 뻗어나가면서 에우라스의 몸을 베고 지나갔다.

〈버러지가 감히!〉

에우라스가 노성을 질렀다.

용우가 웃었다.

"이런 건 생각도 못 했는데. 나를 웃기려고 준비한 건 아니겠지? 너희들은 뭐든지 쌍방에 적용시켜야 직성이 풀리나?"

〈이노오오오오옴!〉

언데드 군단이 지속적으로 안티 텔레포트 필드를 펼치고 있었다. 그 결과 용우와 에우라스 둘 모두 공간 간섭계 스펠을 봉쇄당하고 말았다.

하지만 이것까지는 좋다. 언데드 군단은 동시에 에우라스에게 온갖 지원을 하고 있었으니까.

갖가지 방어 스펠, 강화 스펠, 가속 스펠을 걸어주고 그가 이용하기 좋도록 지속적으로 뇌격계 스펠을 터뜨려 주고 있었다.

또한 용우가 스펠을 쓸 때마다 그에 대응하는 스펠을 걸어서 용우의 전투 능력을 둔화시키고 있었다.

더없이 에우라스에게 유리한 판을 깔아준 것이다. 그런데도…….

쿠과광!

에우라스의 뇌전을 비켜내며 파고든 용우의 발차기가 그가 디디고 있던 지면을 뒤집었다.

쾅!

그리고 양손 대검에서 뻗어나간 에너지 칼날이 그를 쳐서 날려 버렸다.

〈크아아아아아!〉

에우라스가 격노했다.

문제는 바로 이 장소에 있었다.

왕의 섬을 보호하는 힘은 일정 규모 이상의 파괴를 허용하지 않는다.

그리고 그것은 군단의 적인 용우에게만 적용되는 이야기가 아니었다. 군단에게도, 심지어 군주인 에우라스에게도 똑같이 적용되고 있었다.

용우는 그 이유를 짐작할 수 있었다.

'왕의 섬, 주인 없는 왕궁, 비어 있는 옥좌.'

그 이름이 의미하는 바는 분명했다.

이곳은 왕의 영지다.

그리고 군단에는 왕이 없다.

―염마용참격(炎摩龍斬擊)!

섬전처럼 휘둘러진 양손 대검이 에우라스를 가르고 지나갔다.

〈카, 아악……!〉

분신체와 빙의체의 싸움은 분신체의 승리로 끝났다.

해골병사에게 빙의한 에우라스는 강했다. 게이트 안에 강림했을 때와는 비교도 안 될 정도로.

그러나 하스라나 볼더의 본신과는 비교도 안 될 정도로 약했다.

"시끄럽게 짖어대지 마라, 겁쟁이 주제에."

용우는 경멸을 담아 쏘아붙였다.

호기롭게 나선 것 같았지만 에우라스도 사태를 지켜보기만 하는 다른 군주들과 별로 다를 게 없었다. 본신으로 나섰다가 무슨 일을 당할까 두려워서 빙의라는 소극적인 수단을 쓴 것이다.

수천의 병력을 등에 업었으니 승산이 있다고 보았을 터. 하지만 그 판단은 틀렸다.

"다음 도전자 없나?"

용우가 하늘을 올려다보며 군주들을 도발했다.

하지만 대답이 돌아오지 않는다.

군주들은 더욱 경계심을 높이고 있었다.

에우라스가 패한 것은 몸을 사리며 빙의체로 싸웠기 때문이다. 본신으로 싸우면 군주 중 누가 싸워도 이길 수 있을 것 같았다.

하지만 오히려 그 점이 함정처럼 보였다. 어떻게든 군주들을 자기 앞으로 끌어내려는 의도가 보이지 않는가?

"군주라는 것들은 겁쟁이들뿐이군."

용우가 더욱 노골적으로 도발할 때였다.

투학!

측면에서 갑자기 나타난 누군가가 그를 기습했다.

용우가 예상했다는 듯 방어하자 그 앞에 기습자가 섰다.

"제법이야, 군주 살해자."

그렇게 말한 것은 챙 넓은 검은 모자를 쓴 상아인 청년이었다.

온통 언데드들만 가득한 이곳에서는 용우만큼이나 이질적으로 보이는 존재다. 용우는 그의 얼굴을 알고 있었다.

'라지알.'

타락체들의 정점에 서서 '장군'이라는 별명으로 불리는 자.

제1세계의 초월권족 출신 타락체 라지알이었다.

*   *   *

누가 봐도 최악의 상황이었다.

적의 병력에 포위당한 상황에서 군주 혹은 그에 준하는 존재가 나타나는 것.

그럼에도 용우는 여유 만만했다.

"라지알."

"나를 알고 있나?"

"글쎄."

용우가 놀리듯이 대꾸하자 라지알이 눈을 가늘게 떴다.

"한 가지만 묻지."

"뭘?"

"네가 이비연을… 너희 세계의 옷을 입은 타락체 여자애를 죽였나?"

"글쎄."

용우는 여전히 놀리듯이 대꾸했다.

이비연은 말했다.

"라지알, 그 작자는 나를 소중한 수집품처럼 생각하고 있어."

소모품으로 쓰려고 죽을 자리로 보내놓고, 살아 돌아오니 그때부터 애지중지하기 시작했다. 벙어리 공주라 불리며 대화가 불가능한 그녀를 앞에 두고 혼자 떠들어대는 것이 취미였다.

그것만으로도 상당히 뒤틀린 소유욕을 엿볼 수 있었다.

"하긴, 원래 대화란 쉬운 일이 아니지."

라지알이 피식 웃었다.

쾅!

둘이 서로 교차하면서 폭음이 울려 퍼졌다.

서로 등진 채로 멈춰선 둘이 돌아서는 순간이었다.

툭.

용우의 가면이 깨끗하게 쪼개져서 떨어졌다.

투둑…….

동시에 라지알의 모자가 찢겨서 떨어지면서 눈부신 금발이 흘러내렸다.

"아끼는 모자였는데."

"그거 잘됐군."

눈살을 찌푸리는 라지알에게 용우가 이죽거렸다.

라지알이 한숨을 쉬더니 물었다.

"어떻게 여기에 온 거지?"

"설마 대답을 들을 수 있을 거라고 질문한 거냐?"

"당연히 예의상 물어본 거지."

"머리가 나쁘군. 난 대답해 줄 건데."

"……."

라지알의 눈썹이 꿈틀거렸다. 용우는 이죽거리며 말했다.

"너희들은 군주 개체만 문이 되는 줄 알고 있더라?"

그 말에 라지알은 곧바로 답을 깨달았다.

"…제3세계를 상대로는 일방통행은 없다, 그런 뜻이군."

"대답이 되었지?"

용우는 평소의 그답지 않게 순순히 올바른 정보를 주었다. 애당초 이번 작전의 목적 중 하나는 군단이 지휘관 개체를 다루는 방식을 바꾸기 위해서였으니까.

"그럼 잠깐 타락체들의 두목 실력을 좀 봐줄까?"

"여유 부린 걸 후회하게 될 거다."

"모자 망가져서 화났냐, 구세기 패셔니스타?"

"무슨 소리인지는 모르겠지만 어차피 저열한 모욕이겠지. 그 입을 다물게 해주마, 버러지."

다음 순간 둘의 모습이 사라졌다.

꽈광!

그리고 폭음이 울려 퍼진다.

용우가 주춤하며 밀려났다. 그 앞에선 라지알의 모습이 변해 있었다.

왼팔에는 백은의 건틀릿이, 오른팔에는 황금의 건틀릿이 씌워져 있었다.

그리고 둘을 섞어놓은 것 같은 백금의 광채를 발하는 양손 대검이 나타났다.

'세 개 모두 아티팩트급. 게다가 상승효과를 내고 있다.'

라지알이 장착한 장비에는 용우도 놀랐다. 저 셋은 마력 증폭이라는 기본 효과를 공유하며, 각기 다른 기능이 잠재된 아티팩트급 장비들이었다.

스스스스·······.

라지알이 기묘한 움직임으로 대지 위를 미끄러지기 시작했다.

아지랑이 너머의 풍경처럼 흔들리면서 미세한 잔영을 남기는 움직임이다. 전혀 움직이지 않는데도 얼음 위를 미끄러지듯 느슨하게 이동하고 있었다.

그러다가 어느 순간, 그의 신형이 폭발적인 속도로 뛰어 들어온다.

용우는 즉시 요격했다.

후우우웅!

그리고 자신의 공격이 허공을 쳤다는 사실에 놀랐다.

꽝!

충격이 용우를 관통했다.

"큭......!"

용우가 신음했다. 왕의 섬에서 전투를 시작한 이래로 처음으로 나온 신음이었다.

그 앞에 선 라지알이 놀랐다.

'이걸 막아?'

실전에서 비장의 수단이란 가장 처음 선보일 때 최고의 위력을 발휘한다.

그 대부분은 상대의 허를 찌르는 속임수이기 때문이다. 한 발 물러나서 그 실체를 파악하면 별것 아닐지도 모르지만, 그 존재를 모르고 있는 적에게는 필살의 위력을 발휘한다.

방금 전 라지알의 일격이 그랬다. 치명타를 먹일 생각으로 꺼내 든 비장의 패였던 것이다.

그런데 용우는 막아냈다.

'얻어걸린 건가? 운이 좋은 놈이군.'

라지알이 짜증을 냈다. 용우가 자신의 공격을 간파했다고는 볼 수 없었다. 그 증거로 방어는 했으되 충격이 그를 관통했으니까.

'설령 네놈이 하스라와 볼더를 정면 승부로 쓰러뜨렸다 해도, 결국은 내 손에 죽는다.'

어차피 전장 자체가 라지알에게 압도적으로 유리하다. 일대일 대결이었으되, 사실은 일대다의 대결이었으니까.

언데드 병력은 에우라스가 용우와 싸울 때와 같은 전법을 취하고 있다. 라지알에게 쉬지 않고 스펠을 보조하는 동시에 용우의 스펠을 와해시키는 것이다. 그것만으로도 둘의 전투 능력에 크나큰 격차가 발생하고 만다.

꽈과과과과······!

폭음이 울려 퍼져 누군가의 귀에 닿기도 전에 연속적으로 충격이 폭발하면서 주변을 뒤집어놓는다.

허공장이 서로 부딪칠 때마다 공간이 뒤흔들리며 발생한 스파크가 반경 수백 미터를 흔들었다. 서로를 노리는 공격이 극초음속으로 쏘아져 나가서 충돌할 때마다 대지가 뒤집어지고 공간이 깨져 나간다.

―구전광(球電光)!

뇌전의 구체가 수십 발이나 연달아 폭발하면서 용우를 두들겨 댔다.

용우가 방어 스펠을 펼치자 뇌전이 그 표면을 미끄러져 간다. 그러나 그 순간 라지알이 기다렸다는 듯 스펠을 발동했다.

―에너지 컨버전!

주변을 가득 채운 뇌전이 순식간에 불꽃으로 변한다.

한순간에 몸을 감싼 방어 스펠이 무용지물이 되었다. 그런데도 용우는 웃었다.

―화염포식자!

용우 역시 라지알의 수를 예측하고 있었던 것이다. 허공에 나타난 광점들이 불꽃을 빨아들여 소멸시켰다.

사라지는 불꽃을 뚫고 용우와 라지알이 서로에게 뛰어들었다.

"확실히……."

눈이 멀어버릴 듯한 섬광이 미쳐 날뛰고 폭음 소리가 쉬지 않고 울려 퍼진다.

그 한복판에서 용우와 라지알이 서로를 노려보고 있었다.

"다른 놈보다는 잘하는군."

용우는 볼을 스친 상처가 화끈거리는 걸 느끼며 말했다.

"허세만은 제법이구나."

라지알이 용우를 비웃었다.

시종일관 라지알이 우세를 점하고 있었다. 용우는 방어에 급급하다가 간간이 반격을 가하는 게 고작이었다.

숨을 고르는 용우에게 라지알이 뛰어들었다.

투쾅!

"크헉……."

또다시 용우의 입에서 신음이 흘러나왔다.

'또 막았어?'

라지알의 눈썹이 꿈틀거렸다.

아까 전과는 또 다른 비장의 수법을 펼쳤다. 그런데 또 용우가 어설프게나마 막아낸 게 아닌가?

'단순히 운인가? 아니면 뭔가가 더 있나?'

라지알은 용우의 능력을 의심했다.

예지능력자일 리는 없다. 수천에 달하는 언데드들이 모여서 예지능력을 봉쇄하는 텔레파시 공세를 날리고 있었으니까.

하지만 예지능력자가 아니고서는 용우의 방어를 이해할 수가 없었다.

라지알이 용우가 지닌 악의를 통찰하는 능력을 몰랐기에 그럴 수밖에 없었다. 이 능력은 어비스에서도 지극히 희귀한 능력이었고, 심지어 타락체들 사이에서도 마찬가지였던 것이다.

"너, 도대체 정체가 뭐지?"

4

용우의 분신은 자율성을 가진 존재였다.

또한 용우와 연결된 존재이기도 하다. 분신이 보고, 듣고, 느낀 것은 지금 당장은 아니더라도 결국은 모두 본체에게 전달된다.

분신은 그 전제 조건을 이해한 채로 행동하고 있었다.

'얼마든지 당해주지.'

비장의 패를 가진 것은 라지알만이 아니다. 용우 역시 라지알의 허를 찌를 기술을 몇 개나 가졌다.

그러나 분신은 굳이 그것을 쓰지 않았다. 그는 라지알에게 이기기 위해 싸우는 것이 아니었으니까.

"물론 인류지. 그러는 너는 정체가 뭐지? 제1세계의 초월권족?"

"역시 대화는 어려운 거야."

한숨을 쉰 라지알의 몸이 푸른 기운으로 뒤덮이면서 마력이 한 차원 더 격상했다.

그것을 본 용우가 눈을 가늘게 떴다.

'역시 아직도 여력을 남기고 있었군.'

아마 저것조차도 전력은 아닐 것이다.

투콱!

서로의 검이 맞부딪치는 순간, 자세를 바꾼 라지알의 발차기가 용우의 몸통에 꽂혔다.

쾅!

하지만 그 순간 용우가 발한 스펠이 라지알을 강타한다.

휘청거리며 밀려나는 라지알에게 용우가 검격을 내려쳤다.

콰아아앙!

그러나 라지알은 자세가 무너진 채로도 그 공격을 받아내고 반격했다.

파파파파파파!

소나기처럼 쏟아지는 연타를 막고, 흘리고, 일부는 맞아주면서 용우에게 파고들었다.

꽈광!

대기가 폭발하면서 용우가 튕겨 나갔다.

"보기보다 무식한 놈이군."

옷이 너덜너덜해진 용우가 짜증을 냈다.

라지알이 가소롭다는 듯 웃었다.

"쉬운 길을 놔두고 어려운 길을 가야 할 이유가 뭐지?"

고도의 공방이었다. 막강한 마력을 지닌 둘이 텔레파시로 서로의 감각을 현혹하면서 시공간의 연속성을 초월한 현묘한 격투를 벌였다.

하지만 어느 순간, 라지알이 기교의 극한으로 치닫는 싸움의 흐름을 거부했다.

'때릴 테면 때려봐라. 난 무시하고 쳐들어가서 너를 패주마.'

그런 마인드로 중전차처럼 파고들어서 용우의 현란한 기술을 쓸모없게 만들어 버린 것이다.

그럴 수 있었던 이유는 간단했다.

"슬슬 한계겠지?"

라지알의 마력이 용우를 압도하기 때문이었다.

처음부터 그랬던 것은 아니다. 시간이 지날수록 용우의 마력이 감소하고 있었다.

라지알이 보기에는 당연한 결과였다.

용우는 수천의 언데드들을 상대로 치고받았고, 그들의 지원을 받는 뇌전의 에우라스의 빙의체와 싸웠다. 그리고 그 직후에 쉴 틈도 없이 라지알과 싸우고 있는 것이다.

겉으로는 일대일로 싸우는 것 같아도 사실은 혼자서 수천을 감당해 내고 있는 상황이다. 언데드 병력의 견제 때문에 용우의 마력 소모량은 어마어마해질 수밖에 없었다.

"이제부터 네가 겪게 될 일을 알려주마."

라지알이 한 걸음 다가섰다.

"난 널 죽이지 않을 거야. 넌 숨이 붙은 채로 기둥을 보관하는 그릇이 되어줘야 하니까. 우리에게 더 이상 네가 필요하지 않게 될 때까지."

"그래?"

용우가 히죽 웃었다.

"이거 어쩌지? 나는 이제 너희들이 필요 없는데?"

"뭐?"

라지알이 눈살을 찌푸릴 때였다.

우우우우우우!

하늘이 진동했다.

"뭐야?"

라지알이 위를 올려다보는 순간, 용우가 뛰어들었다.

콰아아아앙!

용우와 라지알의 검이 서로 부딪치면서 주변이 뒤흔들린다.

라지알이 다급해졌다.

"양동작전이었나?"

"양동작전이라… 따지고 보면 틀린 말은 아니군."

주인 없는 왕궁, 그 바로 아래쪽에서 거대한 힘이 퍼져 나가고 있었다. 라지알도 위기감을 느낄 정도의 힘이!

거대한 광륜이 퍼져 나갔다가 한 지점으로 급속도로 수축하면서…….

—유성의 화살!

빛의 탄환이 음속의 수십 배에 달하는 속도로 발사되었다.

'피할 수 없다.'

라지알은 발사 직전에 직감했다. 피해 없이 넘길 수 있는 국면이 아니었다. 라지알은 있는 힘을 다해 용우를 튕겨내며 옆으로 뛰었다.

콰아아아앙!

일직선으로 내리꽂힌 섬광이 폭발했다.

"으윽……!"

아슬아슬하게 직격을 피한 라지알이 비틀거렸다.

그의 한쪽 팔이 반쯤 뜯겨 나가서 덜렁거리고 있었다.

"이놈들이!"

반쯤 노는 기분으로 싸우다가 제대로 뒤통수를 맞았다.

라지알의 붉은 눈동자가 분노로 타오르며, 중상을 입은 팔이 시간을 되돌리듯 회복되어 갔다.

텅.

그런 그의 앞에서 얼음을 깎아 만든 것처럼 보이는 양손 대검이 땅에 떨어져서 튕긴다.

"뭐야?"

라지알의 눈이 크게 떠졌다.

믿을 수 없는 광경을 본 것처럼.

"기둥을 버리고 빠져나갔다고?"

조금 전까지만 해도 저 양손 대검, 성좌의 무기 빙설의 창을 쥐고 있던 용우가 홀연히 사라져 버렸다.

있을 수 없는 일이었다.

물질세계에서 정보세계로 진입해 온 자가 빠져나가는 것에는 나름의 과정이 필요하다. 한순간에 꺼지듯이 사라져 버릴 수는 없는 것이다.

그런데 용우는 그렇게 사라졌다.

"설마……."

라지알은 불길한 예감을 느끼며 용우가 내버리고 간 양손 대검을 잡았다.

파지지지직!

격렬한 반발력이 일어났다. 성좌의 무기다운 반응이다.

하지만 라지알의 표정은 무섭게 굳어 있었다.

"……."

반발력이 약했다. 어렵지 않게 억누를 수 있을 정도로.

그리고 그 반발력을 버티지 못한 양손 대검은 산산조각으로 부서져 가고 있었다.

그 사실이 의미하는 바는 간단했다.

"가짜……."

뇌전의 에우라스도, 라지알도 알아보지 못할 정도로 정교하게 만들어진 가짜였다.

"저격자는 어떻게 되었지?"

라지알이 언데드 지휘관에게 물었다.

저격자가 모습을 드러내는 순간, 고위 언데드들이 그를 붙잡기 위해 하늘로 올라갔던 것이다.

콰쾅!

마치 그 물음에 대답하듯 하늘에서 뭔가가 떨어져서 건물에 충돌했다.

충격으로 산산조각 난 것은 새카맣게 타버린 해골기사였다.

"…도망쳤군."

라지알은 이를 갈며 주인 없는 왕궁으로 날아올랐다.

저격자는 이미 모습을 감추었다. 하지만 그곳에 남은 마력의 흔적은 라지알에게 뼈아픈 진실을 알려주고 있었다.

'모든 게 가짜였다.'

그와 싸운 서용우는 분신이었다. 그렇기에 본체가 분신을 해제하는 것만으로 꺼지듯이 사라질 수 있었던 것이다.

어떻게 그토록 정교하고 강력한 분신을 만들 수 있는지는 모른다. 라지알조차 그런 일은 할 수 없었다.

'분신 만들기에 특화된 능력? 아니면 우리가 아는 분신 스펠이 아닌 다른 기술이 있는 건가?'

거기까지 생각하던 라지알은 지금 그런 수수께끼에 골몰할 때가 아님을 떠올렸다.

그는 불길한 예감을 느끼며 주인 없는 왕궁으로 들어갔다.

그리고……

"처음부터 이게 목적이었군."

그 최하층에 보관되어 있던 것들이 사라졌음을 알게 되었다.

"모두 잘 들어."

라지알은 군주 전원에게 말했다.

"놈이 열쇠를 훔쳐갔다, 일곱 개 모두."

군단이 엄중하게 보관하고 있던 보물, 구세록의 계약자들이 그 힘을 그들의 정보세계에서 발휘할 수 있도록 만들어주는 일곱 개의 열쇠를 도둑맞았다는 사실을.

                    *   *   *

　필리핀의 45미터급 게이트 제압 작전은 순조롭게 마무리되었다.

　하지만 팀 섀도우리스는 휴식을 갖는 대신 곧바로 전략 미팅을 가졌다.

　"이걸로 놈들이 지휘관 개체 투입을 망설이게 될까?"

　"단기적으로는 그럴 거라고 봅니다. 하지만 장기적으로는 아니겠지요."

　브리짓이 의견을 냈다. 모두의 시선이 향하자 그녀가 설명했다.

　"군주와 달리 지휘관 개체는 함정을 위한 버림 패로 쓰지 않겠어요?"

　종말의 군단에 있어서 군주가 당하는 것은 어마어마한 타격이다. 인간이 왕정 사회를 이루고 있던 때의 군주와 달리, 그들의 군주는 다른 누군가로 대체하는 게 불가능한 존재였다.

　'그건 좀 의외였지.'

　용우는 당연히 군단이 군주 개체를 계속 투입해서 함정을 팔 거라고 예상했다.

　하지만 군단은 그러는 대신 몸을 사리는 쪽을 택했다. 그들이 왜 그런 선택을 했는지를 이해한 것은 이비연에게 정보를 들은 후였다.

종말의 군단은 죽은 자들의 집단이기 때문이다.

그들은 인간처럼 성장하지도, 노화하지도, 그리고 새로 태어나지도 않는다.

그저 이 모든 것이 시작된 언젠가의 존재들이 전쟁 속에서 죽어갈 뿐이다.

의외로 군단은 새로운 언데드를 늘릴 수가 없었다. 죽은 자를 전장에서 쓸 도구로 일으켜 세울 수는 있지만 자신들의 일원으로 만드는 것은 불가능했다.

타락체가 탄생하게 된 이유가 바로 그것이었다.

군단의 전력을 보충하기 위해서.

"하긴, 지휘관 개체를 통해서 특정한 장소로 끌어내는 거야 충분히 할 만하겠지."

"그럼 이번 작전도 단기적인 효과 이상은 무리라는 거군요."

"그건 아니야."

브리짓의 말에 용우가 짓궂은 미소를 지었다.

"놈들은 또 방심했다는 사실을 알게 될 거야."

이번 작전은 더 큰 한 방을 위한 포석에 불과했다. 용우의 머릿속에는 이미 군단을 엿 먹일 계획들이 준비되어 있었다.

"그리고 이제는 우리 전원이 놈들의 본거지에서 난동을 부릴 수 있지."

용우가 아공간에서 이번 작전의 전리품을 꺼내놓았다.

"아티팩트……."

리사가 중얼거렸다.

용우가 꺼낸 일곱 개의 전리품은 그들이 가진 아티팩트와 흡사한 느낌을 주었다. 각기 다른 색도, 질감도 아티팩트를 연상시킨다.

하지만 형태는 아티팩트와 달랐다. 일곱 개 모두 똑같은 장검의 형태를 띠고 있었던 것이다.

"굳이 형상 변화로 똑같이 통일시킨 건 아닌 것 같고… 놈들이 성좌의 힘을 쓰지 않기 때문인 것 같군."

아티팩트는 그 근본이 되는 성좌의 형태를 띠고 있다.

하지만 종말의 군단이 보관하고 있던 '열쇠'들은 그렇지 않은 모양이다.

브리짓이 물었다.

"이게 있으면 우리도 놈들의 본거지에서 날뛸 수 있는 건가요?"

"그럴 거야. 다만 모든 힘을 발휘할 수 있을 것 같지는 않아."

빙설의 하스라가 아티팩트 빙설의 창을 열쇠로 삼아서 강림했을 때, 그는 분명 강했지만 본신에 비하면 힘과 권능 모두 현격히 열화된 상태였다.

그렇다면 반대로 이쪽에서 저쪽으로 쳐들어갈 때도 똑같은 제약을 받지 않겠는가?

브리짓이 눈살을 찌푸렸다.

"그럼 별로 의미가 없지 않을까요? 어느 정도로 약화될지는 모르겠지만, 제로 당신과 연결된 세 사람보다 못할 것 같은데……."

아티팩트 보유자인 리사, 유현애, 이미나는 마력만으로는 1세대 구세록의 계약자들과 대등한 수준이다. 그리고 그녀들은 군단의 정보세계로 가도 지구에서와 똑같은 힘을 발휘할 수 있음이 확인되었다.

2세대 구세록의 계약자인 브리짓과 차준혁은 마력 면에서 그녀들보다 우위였다. 그러나 마력이 제한된다면 오히려 그녀들보다 못하게 될 것이다.

용우가 고개를 끄덕였다.

"나도 그럴 거라고 생각해. 하지만 이걸 보고 있자니 재미있는 생각이 떠올랐어."

"재미있는 생각?"

"그걸 말하기 전에 설명해야 할 게 있는데, 성좌의 무기는 종말의 군주 그 자체와 대응하는 게 아니야."

"음? 그건 무슨 뜻입니까?"

브리짓이 이해할 수 없다는 듯 물었다. 다른 사람들도 마찬가지였다.

"종말의 군주와 대응하는 것은 성좌의 무기를 지닌 존재, 즉 구세록의 계약자다."

따라서 성좌의 무기와 직접적으로 대응하는 것은…….

"군주라는 존재가 아닌, 그들의 근원이 되는 코어지."

군주의 코어를 파괴하면 군주의 자아도 파괴된다. 그것은 군주라 불리던 존재의 죽음일 것이다.

"그럼에도 군주의 코어는 사라지지 않았지."

군주의 코어가 특별한 이유는 그것이다.

몬스터도, 언데드도 죽으면 코어를 남긴다. 하지만 파괴된 코어는 마력석으로 변해 버린다.

하지만 군주의 코어만은 그렇지 않았다. 깨진 파편일지언정 온전한 코어일 때와 동일한 성질을 유지하고 있었다.

"복원할 수 있었고, 복원한 후에는 단순한 도구로 전락했어."

용우가 복원한 하스라 코어와 볼더 코어는 부서지기 전과 비교하면 약화되었다. 부서졌다 복원되는 과정에서 어쩔 수 없는 손실이 발생한 것이리라.

하지만 중요한 것은 복원이 가능했다는 것, 그리고 복원한 후에는 의지가 거세된 단순한 도구로 쓸 수 있게 되었다는 점이다.

"이 코어들은 성좌의 무기들과 상승효과를 일으키는 것은 물론이고 융합하는 것까지도 가능했지."

그 결과 용우는 성좌의 무기 세 개를 하나로 합친 공전절후(空前絕後)한 무기를 만들어낼 수 있었다.

"이제 내가 무슨 이야길 하고 싶은지 알겠지?"

"이 열쇠들과 아티팩트들 역시 그렇게 쓸 수 있을지도 모른다는 거군요."

브리짓이 미소 지었다. 그녀만이 아니라 그 자리에 모인 모두가.

Chapter46

사소하지만 거대한

1

자신을 기억해 줄 사람이 하나도 없다면, 그건 죽음과 같은 것일까?

세상에서 사라졌던 사람은 변해 버린 세상을 보며 생각한다.

'학교라……'

이비연은 학교 맞은편 건물 옥상, 난간에 걸터앉아서 턱을 괴고 있었다.

아찔한 광경이다. 바람만 세게 불어도 추락사할지도 모르니까.

하지만 이비연은 위기감이라고는 눈곱만큼도 없는 얼굴로

학교를 응시하고 있었다.

그녀의 학력은 중학생 시절로 끝났다. 그 후로 오랜 시간이 지났고 그녀가 다녔던 학교는 퍼스트 카타스트로피 때 없어져 버렸다. 그녀와 동급생이었던 사람들은 모두 어른이 되거나…….

'죽었겠지.'

그동안 많은 사람이 죽었다.

아주 많은 사람이.

물론 살아 있는 사람도 있으리라. 하지만 이비연은 굳이 그들을 찾아보고 싶지 않았다.

'역시 재미없네.'

이비연은 자신의 생각이 어이없다는 듯 실소했다.

아침부터 5교시 수업이 진행되는 지금까지, 학교의 유령이 되어 보았다.

모습과 기척을 감춘 채로 학교에 침입해서 학생들이 지내는 모습을 구경해 보았다. 그녀의 은신 능력은 신묘한 것이라 바로 앞을 지나가도, 심지어 앞자리에 앉아서 얼굴을 빤히 알아보고 있어도 학생들이 알아보지 못했다.

지금의 학교는 그녀가 기억하는 시절과는 전혀 달랐다.

분필을 쓰는 칠판 따위는 없고 칠판 크기의 디스플레이 보드가 있었다. 학생들도 딱히 받아쓰기를 할 필요가 없었다. 디스플레이 보드에 뜨는 내용이 바로바로 그들의 개인 기기에도 떠서 저장되고 있었으니까.

실로 미래적인 광경이었다.

이비연은 테마파크를 돌아다니는 기분으로 교실 한구석에 앉아서 수업 내용을 보고, 학생들이 시시덕거리는 걸 보고, 교무실 등을 돌아다녀 보았다.

그리고 문득 이런 생각을 떠올린 것이다.

역시 재미없다고.

다만 그것은 학교를 구경하는 행위에 대한 감상은 아니었다.

'그래. 학교 다니는 게 재밌을 리가 없잖아?'

지구로 돌아오게 되자 잃어버린 학창 시절을 동경하는 마음이 일었다.

지금이라도 강제로 끊어져 버린 과거의 시간을 다시 이어서, 학생 신분을 즐기는 것도 괜찮지 않을까?

그런 생각을 했던 것이다.

하지만 이렇게 구경하고 있자니 깨달음이 찾아온다.

제3자의 입장에서 봐도 학교생활은 전혀 재밌어 보이지 않았다. 그리고 추억을 더듬어봐도 학교생활이 재밌었던 적도 없었다.

어비스에 끌려가기 전, 중학생이었던 그녀에게 학교는 세상의 거의 전부였다. 모든 게 학교를 중심으로 돌아갔고, 학교에서 가장 많은 시간을 보냈다.

하지만 그래서 그녀, 중학생 이비연은 학교를 좋아했던
가?

"하하하……."

이비연은 공허하게 웃었다.

그녀는 자신의 마음을 깨달았다. 그녀는 학창 시절을 되찾
고 싶었던 것이 아니다. 그저…….

'시간이 흘렀구나. 흘러 버렸어…….'

자신이 놓친 시간을 어떤 식으로든 되찾고 싶었던 것뿐이
다.

실로 미래적인 학교의 풍경을 보면 볼수록 쓸쓸함이 밀려
왔다. 모든 것이 자기만 놔두고 저 멀리 가버린 것 같아서.

'이방인이구나, 나는.'

자신은 저 안에 속한 사람이 아니다. 시간이 지나면 지날수
록, 변해 버린 세상을 보면 볼수록 그 사실을 뼈저리게 실감
할 수 있었다.

'용우 오빠가 왜 그러고 있는지도 알겠어.'

이비연도 PTSD에 시달리고 있기로는 서용우와 마찬가지다.

하지만 그녀가 느끼는 감각은 용우가 느끼는 것과는 다르
다. 그래서 그녀는 돌아온 후로 용우가 하는 짓을 보면서 고
개를 갸웃거리는 일이 잦았다.

하긴 그럴 수밖에 없다. 상처받은 사람들이 모였다고 해서
그들이 입은 상처가 똑같은 상처일까? 상처가 다르고, 상처를

대하는 법도 다르다.

당장 용우와 리사만 해도 서로 군중을 보는 감각이 정반대이지 않던가?

그럼 이비연이 군중을 보는 감각은 어떨까?

'무서워.'

이비연은 빌딩 위에서 군중들을 내려다보며 생각했다.

번화가를 채운 수많은 사람들을 보면서 이비연은 섬뜩함을 느낀다.

하지만 그 두려움의 이유는, 리사가 군중을 두려워하는 것과는 전혀 달랐다.

'세상이 포테이토칩 같아.'

저 수많은 목숨이 자신의 손짓 한 번에 사라질 수 있다는 사실이 무서웠다.

자신이 무의식중에 힘 조절을 실수하기만 해도 사람이 죽는다.

그런 공포를 이해할 수 있는 사람이 얼마나 될까?

이비연은 초인이다. 현대사회의 기반 그 자체를 엎어버릴 수 있을 정도의.

팀 섀도우리스를 제외하면, 지구상에 그녀와 대적할 수 있는 존재는 없다. 지구는 타락체 이비연이 강림하는 것만으로도 멸망할 수 있는, 유리잔처럼 연약한 세계였다.

'포기하는 건 익숙해.'

이비연이 빌딩을 박차고 훌쩍 날아올랐다.

도약 스펠과 경이로운 신체 능력, 그리고 마력 컨트롤이 더해지자 한 번의 도약만으로도 1킬로미터 상공에 도달해서 완만한 곡선을 그리면서 떨어진다. 고도가 떨어지면 재차 허공을 밟고 뛰어오르면서 도시를 굽어본다.

'하지만 지구로 돌아와서도 그래야 할 줄 몰랐어. 오빠도 참 많이 아팠겠구나.'

그래도 용우에게는 동생 우희라도 있었다. 그녀의 존재는 분명 용우에게 크나큰 위안이었을 것이다.

이비연은 자신이 포기해야만 하는 것들을 생각했다.

그녀의 부모님은 무덤조차 남기지 못하고 죽었다. 언제 죽었는지도 알 수 없다. 분명 퍼스트 카타스트로피 이후 난리통 속에서 숨졌으리라.

부모의 죽음을 추모하고 싶어도 어떻게 해야 할지 알 수 없다. 희생자들을 위한 위령비를 보면서 부모님의 얼굴을 떠올리려고 해봤자 공허할 뿐이다.

왜냐하면 이비연은 부모님의 얼굴을 제대로 기억할 수 없었으니까.

어떻게 중학생 시절 이별한 부모 얼굴을 잊어버릴 수 있을까 싶은데, 아무리 떠올리려고 해도 떠오르지 않는다.

과거를 돌아보려고 할 때마다 좋은 기억들 대신 어비스에서의 일들만이 선명하게 떠오를 뿐.

그리고 돌아온 지구에는 부모의 얼굴을 알려줄 기록이 하나도 남아 있지 않았다. 사진 한 장, 동영상 파일 하나조차도.

그래서 친척들을 찾아가 보려고 했다. 명절 때 말고는 본 적도 없어서 이제는 이름조차 기억나지 않는 사람들이지만 부모님의 사진은 갖고 있지 않을까?

하지만 망설이는 그녀를 대신해서 김은혜가 알아봐 준 바로는 그들도 사진 한 장 갖고 있지 않았다. 예전에 웹 앨범에 저장했던 사진도 난리 통에 데이터가 유실되었다고 한다.

이렇게나 발달한 세상인데도, 하루에 생성되는 사진 데이터가 수천만 장은 될 텐데도 그녀가 찾는 부모님의 사진은 단 한 장도 없다.

이비연은 그 사실에 지독한 외로움을 느꼈다.

"있잖아."

한편 파괴되었다가 더 높게 재건된 남산 타워 꼭대기에서 서울을 내려다보던 이비연이 문득 입을 열었다.

"이러다가 언니 얼굴도 잊어먹을까 봐 무서워."

"……."

어느새 그녀의 뒤에 용우가 서 있었다.

높은 곳에 불어오는 센 바람을 맞고 있던 용우는 잠시 동안 생각하더니 말했다.

"미술 학원에 다녀봐. 초상화 잘 가르치는 곳으로 알아봐 줄게."

"풋."

이비연이 웃음을 터뜨렸다.

"파하하하하!"

"웃겼어?"

"응. 크큭, 미술 학원이라니… 푸훗, 그 분위기에서 나올 대답이 아니잖아?"

이비연은 눈물까지 흘려가면서 웃었다.

"하지만 참 긍정적이네. 그래, 사진이 없으면 그리면 되지. 기억하고 있는 동안에. 하지만 나 예전에도 미술은 꽝이었는데 괜찮을까?"

"괜찮을걸. 딱히 미술적 영감이나 창의력이 필요 없는 일이니까."

"아, 하긴. 초상화는 그냥 기억 속의 언니를 모사하면 되는 거니까… 그럼 배워서 해볼 만할지도."

이미 존재하는 것을 모사하는 것이라면 나름 자신이 있었다. 기억을 환영 스펠로 재현해 본 경험이 수도 없이 많았으니까.

"하루 종일 우울했는데 그런 기분이 싹 가시네. 오빠한테 이런 재주는 없었던 걸로 기억하는데?"

"사람이 절망에 머리끝까지 푹 담그고 있을 때랑 그렇지 않을 때랑 같냐?"

"오, 그 대답 좀 괜찮았어."

용우가 전에 그녀가 했던 말을 되돌려 주자 이비연이 키득 거렸다.

"너무 울적해하지 마. 나도 참 이 세상이 엿 같다고 느꼈지만 살아보니 의외로 살 만하더라고."

"오빠한테는 그래도 우희가 있었잖아. 나한테는 아무도 안 남았는걸."

"내가 있잖아."

"......"

말문이 막힌 이비연이 작게 한숨을 쉬었다. 우는 건지 웃는 건지 모를 그녀의 표정을 보면서 용우가 말했다.

"네가 세상이 엿 같다고 부숴 버리지 않을 이유 정도는 되잖아, 내가."

그 말에 이비연이 또다시 풋, 하고 웃음을 터뜨렸다.

"오빠, 도대체 뭔 자신감인데?"

"내 목숨과 인류가 망할지도 모른다는 리스크를 걸고 널 구해준 은인으로서의 자신감."

"우와, 비겁하다. 그러면 내가 뭐라고 말할 수가 없잖아."

"알고 있으면 다행이다."

피식 웃은 용우가 이비연의 머리를 쓰다듬어 주었다. 그러자 이비연이 입을 삐죽였다.

"이거 나오기 전에 공들여서 세팅한 머리거든?"

"네가?"

"아니, 우희가."

행정 데이터상으로 이비연은 서우희보다 두 살 연상이었다. 하지만 언니 소리를 듣자니 불편해서 그냥 서로 말을 놓고 지내고 있었다.

용우가 코웃음을 쳤다.

"그 공들인 세팅 다 무의미해진 지 몇 시간은 지나지 않았냐?"

"그렇긴 해."

이비연이 순순히 인정했다. 머리칼을 휘날리며 수십 킬로미터를 날아다니다시피 했는데 공들인 세팅이 남아 있을 리가 없었다.

이비연이 서울 풍경을 내려다보다가 말했다.

"게이트 안은… 마음이 편했어."

"……."

"내가 거기 있어도 된다고 누군가에게 허락이라도 받은 기분이었어."

군사작전의 분위기가 익숙할 리가 없다. 그럼에도 세상이 숨 막힐 정도로 이질적이라서, 전장으로 향하는 순간 제자리를 찾은 것처럼 편안해졌다.

"그래도 괜찮은 걸까?"

"당연히 괜찮지."

용우는 단호하게 대답했다.

"벌써 잊어먹었냐? 넌 지금 지구 방위대야. 네가 게이트 싫다고 안 가면 인류 망한다."

그 말에 이비연이 눈을 동그랗게 떴다. 그러고 보니 용우에게 팀 섀도우리스에 대해서 처음 설명을 들었을 때 그런 이야기를 했었다.

"그러게. 적어도 내가 이 세상에 필요한가, 그런 고민은 할 필요가 없구나."

"없지. 세상을 엿 먹이는 건 세상이 너를 엿 먹인 후에 해도 늦지 않아. 어차피 네가 세상보다 더 세잖아."

"사실이긴 한데 표현이 참 그렇다. 그래서 오빠한테는 세상이 엿을 안 먹였어?"

"그럴 리가 있냐? 이놈저놈 엿 먹이겠다고 덤비는 놈이 많아서 다 엿 먹여줬지."

"역시 오빠가 조용히 살았을 리가 없지. 그 이야기 좀 해줘봐."

"여기서? 계속 이러고 있을 거야?"

"하긴 여긴 불편하네. 다른 데로 갈까?"

"어디 가고 싶은 데 있어?"

그 말에 이비연은 잠시 생각해 보더니 대답했다.

"백두산."

"하필이면 거기?"

"일본에서 후지산에 갔었잖아. 백두산도 한번 가보고 싶어.

북한 망했다는 소리 듣고 얼마나 황당했는데."

"하긴 나도 안 가봤군. 그럼 가보지, 뭐. 전투 준비나 해둬."

"왜?"

이비연이 의아해하자 용우가 피식 웃었다. 지구로 돌아온 지 얼마 안 됐을 당시의 자신이 그렇듯 이비연이 아직 상식이 부족하다는 사실을 깨달았기 때문이다.

"거기 재해 지역 된 지 오래야. 백두산 천지가 가이아드래곤의 영역인데, 그래도 갈래?"

"아, 그래?"

이비연이 씩 웃었다. 조금 전까지와는 달리 활력에 찬 눈빛으로.

"기분도 울적한데 잘됐다. 거기 있는 놈들 좀 때려잡고 경치나 즐기다 오자, 응?"

그날, 광활한 재해 지역이 된 한반도 북부의 몬스터 세력 구도에 지각 변동이 일어났다.

2

한 사람의 변덕이 얼마나 큰 영향을 끼칠 수 있을까?

그저 한 사람의 마음이 변할 뿐이다. 누군가에게는 큰일일 수 있지만 세상 전체로 보면 하찮은 사건으로 그쳐야 정상일 것이다.

하지만 때로 한 사람의 변덕이 수많은 이들의 운명을 바꾼다. 역사상 그런 일은 수도 없이 많이 있어왔다. 재력이나 권력 같은, 수많은 사람들을 움직일 수 있는 영향력을 쥔 자들에 의해서.

그러나 지금, 이곳에서 일어나는 일은 인류 역사상 한 번도 없었던 일일 것이다.

개인의 폭력이 수천만 명의 운명을 뒤흔들었으니까.

상식적으로는 있을 수 없는 일이다.

그러나 그 폭력을 행사하는 자가 초인이기에 가능했다. 인류가 수천 년에 걸쳐 구축한 전쟁 기술을 초월하는 압도적인 폭력이 단 한 사람의 손에서 펼쳐지고 있었다.

쿠구구구궁······!

굉음이 울려 퍼지며 한반도 최고봉, 백두산 정상이 뒤흔들렸다.

흙과 암석, 그리고 금속들이 모여서 형성되었던 거대한 용의 모습이 붕괴한다. 수십 미터의 거체를 이루고 있던 구성물들이 일제히 백두산 정상의 호수, 천지로 떨어지면서 물보라가 일었다.

전투는 짧았다.

8등급 몬스터, 가이아드래곤은 허무할 정도로 간단하게 에너지 코어를 파괴당하고 백두산 천지 안으로 침몰했다.

"8등급쯤 되니까 좀 손맛이 있네."

산산이 부서져서 침몰하는 가이아드래곤을 보며 이비연이 중얼거렸다. 가슴을 채웠던 답답함이 날아가 버린 듯 후련한 미소를 짓고 있었다.

"기분은 좀 풀렸어?"

용우는 가이아드래곤과의 전투에 나서지도 않았다. 이비연 혼자서, 아무런 장비도 없이 압살해 버렸다.

이비연이 헝클어진 단발머리를 손으로 슥슥 쓸면서 말했다.

"조금은? 기왕 나온 김에 이대로 9등급이라도 잡으러 가볼까?"

"그랬다간 곧바로 국제 정세가 카오스 상태가 될 테니까 이걸로 참아."

세계 곳곳에 수십 마리도 더 포진해 있는 8등급 몬스터와 달리 9등급 몬스터는 희귀하다. 그리고 하나하나의 영향력이 너무 강해서, 사라지는 순간 인류 사회에 거대한 충격파를 던져주게 되어 있었다.

"하지만 재해 지역에서 몬스터들을 사냥하는 건 생각해 볼 만한 일이군."

그린란드나 아프리카처럼 아예 인류의 손에서 벗어나 버린 지역들이 있다. 이런 지역의 몬스터들을 사냥한다 해도 당장의 국제 정세에는 큰 영향은 없을 것이다.

"마력석은 다다익선이니까."

"확실히 오빠는 마력석 소모량이 어마어마하니 그런 식으로라도 수급해 둘 필요가 있겠네."

"뭘 나만 그런 것처럼 말하고 있냐? 너도 곧 같은 신세가 될 텐데."

"난 오빠처럼 형상 복원이나 분신 제작에 능하지 않으니. 그렇게 엄청난 양을 써댈 일은 없을걸."

"결계 스펠도 만만치 않게 마력석을 먹어댈 텐데?"

"음……."

이비연이 인상을 찌푸렸다.

그녀의 진짜 특기는 전투 결계 스펠이다. 타락체로서 용우와 싸울 때 펼쳤던 '광휘의 세계수'가 이에 속하는 것으로, 규모가 커지기 시작하면 어마어마한 마력을 잡아먹었다.

이비연이 말했다.

"근데 지난번에는 깜짝 놀랐어. 그 분신은 대체 어떻게 만든 거야? 마력석 많이 때려 박는다고 그런 분신이 나오는 게 말이 돼?"

"불리하니까 말 돌리는 거 보게."

"쩨쩨하게 물고 늘어지지 말고. 진짜 놀랐는걸?"

용우가 군단으로부터 열쇠를 훔쳐올 때 투입했던 분신의 완성도에 이비연도 깜짝 놀랐다. 어비스에서도 한 번도 본 적

없는 수준이었으니까.

"네가 그렇게 되던 시점까지는 불가능했지. 그 후에 브랜든을 죽여서일 거야."

"돌 마스터(Doll Master)?"

브랜든이라는 남자는 '돌 마스터'라는 별명으로 불리던 남자였다. 마력을 이용해서 분신이나 자율형 전투 인형을 만들어내는 특별한 능력을 갖고 있었다.

"아마도."

"왜 아마도야?"

"그때 브랜든만 죽인 게 아니었거든. 브랜든을 죽인 날 내가 죽인 것만 열아홉 명이었으니까."

용우가 담담하게 말하자 이비연이 눈을 껌뻑였다. 그러다가 용우에게 얼굴을 들이대며 말했다.

"한번 보고 싶네."

"뭘?"

"마지막에 오빠가 어떤 존재가 되었던 건지."

어비스 최후의 생존자는 과연 어떤 경지에 도달했던 것일까.

이비연은 아직 그 답을 모른다. 답을 아는 것은 군단의 정보세계에서 용우에게 죽은 자들뿐.

"재촉할 필요 없어. 조만간 보게 될 테니까."

"엄청 기대돼. 지금의 오빠를 봐서는 상상하기 힘드니까."

용우의 마력은 현대 기술과 자본의 힘으로 꾸준히 회복되고 있었다.

현 시점의 마력은 페이즈25. 그것은 6등급 몬스터, 그중에서도 7등급 몬스터의 기준에 아슬아슬하게 닿지 못하는 수준이다.

누가 봐도 인류의 규격을 초월한 힘이었지만, 이비연이 보기에는 골골대는 병자나 다름없었다. 그녀는 어비스에서의 용우가 어땠는지 선명하게 기억하고 있으니까.

"그리고……."

문득 이비연이 눈을 빛냈다.

"오빠, 혹시 눈치챘어?"

"네가 가이아드래곤을 두들겨 패기 시작할 때부터."

"역시."

이비연이 날카롭게 웃었다.

꽈광!

직후 백두산 정상 한쪽이 터져 나갔다.

"큭……!"

피어오르는 흙먼지 속에서 신음이 흘러나왔다. 하지만 그것도 잠시, 흐릿한 실루엣이 꺼지듯이 사라진다.

"꿈이 너무 커."

이비연이 차갑게 웃으며 스펠을 발했다.

―공허 문지기!

텔레포트로 사라졌던 누군가가 텔레포트하기 전에 있었던 자리로 다시 끌려왔다.

퍼엉!

그리고 그 타이밍에 맞춰 뛰어든 용우의 발차기가 그를 걸어찼다.

"이런."

용우가 눈살을 찌푸렸다.

완벽한 기습으로 날린 발차기가 막혔기 때문이다.

파지지지직!

허공장이 서로 충돌하면서 스파크가 튀었다. 그 반동으로 용우가 튕겨 나갔다.

"꽤 터프한 놈인데?"

"파리보다 가벼운 공격이군."

상대가 으르렁거리는 것 같은 저음의 목소리로 말했다.

하지만 그 언어는 지구상의 것이 아니다. 텔레파시가 아니었다면 알아들을 수 없는 이계의 언어였다.

검푸른 암석을 울퉁불퉁하게 깎아놓은 것 같은 피부를 지닌 존재, 암석인이었다.

타락체 특유의 붉은 눈동자를 빛내는 암석인이 마력을 전개한다.

구구구구구!

8등급 몬스터를 능가하는 마력이 전개되면서 백두산이 뒤흔들리기 시작했다.

"죽어라."

암석인이 싸늘하게 쏘아붙이며 스펠을 발했다.

─염동빙결탄 동시다발!

극저온의 한기를 농축한 에너지탄 16발이 이비연을 향해
쏘아졌다.

퍼퍼퍼퍼펑!

한기가 연달아 폭발하면서 주변이 얼어붙는다.

그러나 그것은 어디까지나 견제였다. 이비연의 움직임을 막
으면서 동시에 용우를 끝장내기 위해서 뛰어들었다.

투아아아아앙!

충격이 폭발했다.

"크억⋯⋯!"

그리고 암석인의 신음이 흘러나왔다.

"오빠, 망신살 뻗쳤잖아. 갚아줄 생각도 안 해?"

이비연이 암석인을 덮쳐서 찍어 눌렀다. 그녀의 손이 암석인
의 등짝을 뚫고 그 심장을 움켜쥐고 있었다.

암석인의 마력에 비해 허무할 정도로 쉽게 승부가 났다. 정
면 대결을 했다면 좀 더 버텼겠지만 잔재주를 부리다가 기습
을 당하는 바람에 단번에 승패가 갈린 것이다.

용우가 어깨를 으쓱했다.

"잘 싸우는 너를 놔두고 내가 열심히 할 필요 없잖아?"

"말이나 못하면."

이비연이 혀를 찼다.

콰쾅!

다음 순간, 암석인이 더욱 깊숙이 땅에 처박혔다.

심장을 움켜잡힌 채로도 탈출을 시도했지만 이비연에게 차단당한 것이다.

"너는… 대체 뭐냐? 정보에는 없었는데……."

암석인이 헐떡이며 물었다.

이비연이 웃었다.

"그러게. 우리 정보에는 없었는데… 여기서 타락체가 뭘 하고 있는 걸까?"

용우와 그녀는 환영으로 얼굴을 바꾸고 있다. 마력 패턴도 바꾸고 있다.

백두산 일대, 재해 지역은 늘 모니터링되고 있기 때문이다. 인공위성이나 고고도 정찰기를 비롯한 관측 수단들을 신경 쓴 조치였는데, 쥐새끼처럼 지구에 침입해 온 타락체 상대로도 잘 먹히고 있었다.

'이건 운이 좋았군.'

자칫하면 군단에 이비연의 생존 정보를 넘겨줄 뻔했다.

그렇게 생각한 용우가 이비연에게 말했다.

"그 녀석, 봉인해 둬."

"죽이는 게 아니고?"

이비연이 의아해하자 용우가 의미심장하게 웃었다.

"쓸데가 있어. 어차피 타락체를 몇 놈쯤 사로잡고 싶었는데 잘됐군."

"또 무슨 꿍꿍이속이람. 오빠, 너무 음흉한 거 아냐?"

"아직 전투 안 끝났잖아. 이따가 설명해 줄게."

"그런데 오빠는 뭐 하려고?"

"쥐새끼가 또 있어."

"음? 안 보이는데?"

이비연의 감각에는 걸리는 게 없었다.

"꽤 멀리 있어. 그리고 꽤나 철저하게 숨어 있군."

용우는 관측자의 존재를 알아차린 것은 이비연보다 감각이 날카로워서가 아니다. 관측자가 용우에게 악의를 갖고 있기에, 악의를 통찰하는 능력이 발동한 것이다.

"오빠 혼자서 괜찮겠어?"

"그런 걱정도 오랜만에 받아보는데?"

용우는 피식 웃고는 텔레포트했다.

그리고 목표 지점에 나타나자마자 아공간에서 대(對)몬스터 저격총, 제우스의 뇌격을 꺼내서 전방을 겨누고 방아쇠를 당겼다.

―염동뇌격탄(念動雷擊彈)!

극초음속으로 쏘아져 나간 에너지탄이 표적에 작렬했다.

"크악!"

허공장이 뚫린 적이 비명을 질렀다.

백발의 상아인 타락체였다.

"으으윽……."

쓰러진 채로 용우를 바라보는 상아인은 믿을 수 없다는 표정을 짓고 있었다.

그럴 만도 했다. 그의 마력은 용우보다 위였으니까.

그런데 아무리 기습이었다고는 하지만 정면에서 가한 일격에 허공장이 뚫려 버리다니?

물론 그것은 인류가 게이트 재해에 맞서기 위해 개발해 낸 무기, 증폭 탄두의 힘이다. 위력과 탄속이 몇 배로 증폭된 에너지탄은 마력 면에서 우위에 있는 적의 허공장을 멋지게 뚫어버렸다.

"숨어서 이런 짓을 하고 있었군."

그 앞으로 용우가 걸어왔다.

거대한 일루전 큐브가 이 주변을 감싸고 있었다. 또한 일루전 큐브 안쪽의 마력을 감추는 결계가 펼쳐져 있어서 인류의 관측 수단으로는 발견할 수 없는 사각지대를 만들어내고 있었다.

그 안의 풍경은 기괴했다.

대형 몬스터들의 시체들을 재료 삼아서 만든 건물들이 있었다. 실용적인 의미에서의 건축물이라기보다는 현대 미술의 산물이 아닐까 의심되는 모양새다.

'뭐지, 이건?'

용도를 짐작할 수 없는 건축물들이었다. 뼈와 가죽을 얽어서 쌓아 올린 기울어진 탑들이 둥글게 배치되어 있고 그 안쪽 공간에는 일곱 개의 빛 덩어리가 떠 있었다.

'마력석? 아니, 뭔가 좀 다른데……'

용우가 그쪽으로 다가갈 때였다.

콰콰콰쾅!

사방에서 에너지탄이 날아들어서 그를 강타했다.

―리스토어 힐.

그사이 상아인은 치료 스펠로 스스로를 치료하기 시작했다.

〈괜찮은가?〉

휴머노이드 몬스터, 오우거가 나타나서 물었다.

지휘관 개체였다. 지휘관 개체는 단 하나의 스펠만을 보유했고 그것은 텔레파시가 아니다. 하지만 그들이 결계 안쪽에는 텔레파시 채널이 활성화되어 있어서 대화를 나눌 수 있었다.

상아인이 스스로에게 방어 스펠을 걸면서 말했다.

"내가 놈을 상대할 테니 그동안 코어를 파괴해라."

〈알겠다.〉

지휘관 개체는 그 하나만이 아니었다. 늑대인간과 리자드맨, 트롤과 숲거인 등 휴머노이드 몬스터가 여럿 있었다.

"재미있는 집회로군."

폭발 속에서 용우의 목소리가 울려 퍼졌다.

후우우우우!

마력 파동이 활화산 같은 기세로 퍼져 나가면서 광풍이 휘몰아쳤다.

파악!

그리고 섬광이 상아인을 가르고 지나갔다.

"어……?"

상아인이 눈을 크게 떴다.

순간적으로 무슨 일이 일어났는지 이해할 수가 없었다. 처음에 기습당한 것 때문에 허공장도 최대 출력으로 활성화시키고, 방어 스펠까지 겹겹이 걸었다. 그런데 그 모든 것을 종잇장처럼 찢어발기고 그의 몸통을 갈라 버리다니?

"네, 네놈은……."

상아인은 믿을 수 없다는 듯 중얼거렸다.

그곳에는 검은 바탕에 테두리와 칼날 부분은 LED와 비슷한 느낌의 청록색을 발하는 양손 대검을 든 용우가 서 있었다.

성좌의 무기 세 개와 군주 코어 두 개를 하나로 융합시킨 궁극의 무기—트리니티.

이 검을 쥠으로써 마력이 폭증한 용우가 일격에 상아인 타락체를 쓰러뜨린 것이다.

―봉인!

용우는 아직 숨이 붙어 있는 상아인에게 봉인을 걸었다.

상아인은 자신을 감싸는 빛의 정체를 깨닫고 절규했지만 무의미했다. 트리니티를 쥔 용우의 힘은 그를 아득히 능가했고, 사경을 헤매는 그는 봉인에 저항할 수도 없었다.

"오늘은 정말 운이 좋은걸. 이런 식으로 실험체를 다수 확보할 줄이야."

용우는 트리니티를 땅에 꽂은 채로 휴머노이드 몬스터들을 돌아보며 웃었다.

〈죽어라!〉

지휘관 개체들이 일제히 에너지탄을 쏟아내었다.

용우는 그 에너지탄이 자신을 겨냥하지 않았다는 사실을 알아차렸다. 지휘관 개체들은 이 결계의 중심에 있는 일곱 개의 빛 덩어리를 파괴하려고 하고 있었다.

퍼퍼퍼퍼펑!

초음속으로 발사된 에너지탄들이 폭발했다.

"될 것 같냐?"

흙먼지 속에서 용우의 비웃음이 들려왔다.

용우가 허공장을 확장하는 것만으로도 에너지탄들은 표적에 흠집도 내지 못했다. 지휘관 개체의 마력은 4등급 몬스터 수준에 불과하니 당연한 일이었다.

〈어쩔 수 없군. 이탈한다.〉

오우거에 빙의한 지휘관 개체가 말했다.

다른 지휘관 개체들은 즉시 그 말에 따라서 빙의를 풀고 이탈하려고 했다.

"진짜 될 줄 알았나 보구나, 너희들."

다시금 용우의 비웃음이 들려왔다.

〈뭐, 뭐야?〉

〈빙의가 해제되지 않는다!〉

지휘관 개체들이 당황했다.

후우우우!

광풍이 휘몰아치면서 흙먼지를 걷어냈다.

그리고 트리니티를 든 용우가 천천히 걸어 나오며 말했다.

"내가 분명 네놈들한테 게임 감각으로 노는 건 이제 끝이라고 말해줬을 텐데, 말귀를 못 알아들었나 보군. 정보 전달이 안 됐나?"

씩 웃는 용우를 보면서 지휘관 개체들은 흠칫 몸을 떨었다. 상상도 못 한 공포가 그들을 집어삼키고 있었다.

3

한국은 한반도의 재해 지역을 늘 모니터링하고 있었다. 당연히 백두산 일대의 몬스터 학살 사건도 곧바로 파악했다.

"그거, 용우 씨가 한 거 맞죠?"

팀 크로노스의 CEO, 백원태가 용우를 찾아와서 물었다.

용우는 굳이 감추지 않았다.

"네."

"그럴 것 같았습니다. 헌터 관리부는 난리가 났습니다."

용우와 이비연은 정체를 감춘 채 백두산 일대의 몬스터들을 학살했다.

그게 가능했던 것은 둘 다 환영으로 관측기기에 촬영되는 용모를 바꿀 수 있고, 마력 패턴까지도 조작할 수 있기 때문이었다. 이러면 인류의 관측 수단으로는 두 사람의 정체를 특정할 수가 없다.

백원태가 물었다.

"왜 그런 겁니까?"

"기분 전환 삼아서요."

"……"

"진짜입니다. 비연이가 백두산에 가보고 싶어 했거든요."

백원태는 멍청하니 용우를 바라보다가 박장대소했다.

박수까지 쳐가면서 한참을 웃은 그가 선글라스를 고쳐 쓰며 말했다.

"말도 안 되는 소리인데, 용우 씨가 말하니까 말이 되는군요."

"그래도 나름 신경 쓴 겁니다. 백두산 일대야 몬스터를 학살하든 말든 별 영향이 없잖습니까?"

"그, 그렇긴 합니다만······."

"앞으로 틈틈이 전 세계 재해 지역 좀 돌아다니면서 몬스터들 때려잡을 겁니다. 이번처럼 다 없애 버리진 않더라도."

"음? 팀 섀도우리스 활동이 아니라 개인적으로 말입니까?"

"네."

"이유가 있는 겁니까?"

"마력석을 수급해야 되서 그럽니다."

그 말에 백원태가 눈을 크게 떴다.

"지금까지 벌어들인 걸로 모자라는 겁니까?"

"지난번에 전투 한 번 치르면서 10톤 정도 썼습니다."

"······."

백원태가 입을 쩍 벌렸다. 국제적 대기업인 크로노스 그룹을 부인과 나눠서 지배하는 그로서도 경악을 금치 못할 스케일이었다.

과거의 원자력 발전소 시대의 플루토늄보다도 비싼 거래가를 자랑하는 마력석은 그램 단위로만 투입해도 상온 핵융합을 일으킬 수 있는 기적의 에너지 자원이다. 그런데 그걸 전투 한번 치르면서 톤 단위로 써대다니······.

"마음 같아서는 인류의 마력석 총생산량을 저한테 몰아달라고 하고 싶을 지경입니다. 그래서 말인데, 백 사장님, 저한테 물건 좀 사시죠."

"뭡니까?"

"고등급 몬스터 사체요. 8등급 가이아드래곤 포함입니다."

"대금 지불은 마력석으로 하고 말입니까?"

"네."

"알겠습니다. 크로노스 그룹의 마력석 재고를 탈탈 털어보죠."

백원태는 고민하는 기색도 없이 고개를 끄덕였다. 너무 시원한 태도라 용우가 놀랐을 정도였다.

"그래도 괜찮겠습니까?"

"상식적으로는 안 됩니다만… 인류를 위해서 필요한 거잖습니까?"

용우가 적들을 막지 못하면 모든 게 끝이다. 용우가 등장한 후로 급물살을 타고 있는 사태는 이미 인류가 구축한 방위 시스템의 발전 속도를 훨씬 뛰어넘어 버렸다.

백원태는 그 사실을 가장 정확하게 이해하고 있는 사람 중하나였다.

"용우 씨가 마음만 먹으면 지구상에서 재해 지역은 사라지겠군요."

"가능한 일이죠. 하지만 무의미하고."

팀 섀도우리스의 전력이라면 시간만 주어지면 충분히 전세계 모든 재해 지역을 청소할 수 있다.

하지만 그래 봤자 지금의 인류는 그렇게 청소한 지역을 지키지 못한다. 게이트 재해가 완전히 사라지기 전까지는 그런 일을 할 이유가 없는 것이다.

백원태가 말했다.

"그 후의 일도 문제겠죠. 용우 씨는 모든 게 끝난 다음의 일에 대해서 생각해 본 적이 있습니까?"

"전쟁 가능성에 대해서 말입니까?"

"예."

용우가 등장하기 전까지는 생각해 볼 여유가 없는 문제였다. 인류는 닥쳐오는 게이트 재해와 싸우는 것만으로도 필사적이었고, 이 모든 일이 언젠가는 끝난다는 믿음을 가질 수가 없었다.

하지만 이제 백원태는 그 이후의 일을 상상할 수 있게 되었다.

용우가 패하면, 지구 인류는 멸망할 것이다.

하지만 이긴다면 인류는 게이트 재해를 해결한 이후의 미래를 맞이하게 된다.

"중국, 영국, 아프리카……."

9등급 몬스터가 자리 잡은 재앙의 땅이 공백 지대가 된다면 어떻게 될까?

"게이트 재해가 사라진 후라면, 그런 땅들을 차지하기 위한 전쟁이 날 수도 있겠죠. 하지만 그건 제가 어쩔 수 있는 문제는 아닌 것 같습니다."

"용우 씨라면 막을 수도 있지 않겠습니까?"

"어느 정도는. 그리고 그 어느 정도의 일은 할 겁니다. 제가 살고 있는 세상이니까. 하지만 한 가지는 분명히 해두죠."

용우는 더없이 진지한 표정으로 말했다.

"전 인류의 신이 될 생각이 없습니다."

"……."

용우가 딱 잘라 말하자 백원태는 말문이 막혔다.

인류의 신.

어렴풋이 느끼고 있던 위험성을 단번에 구체화시켜 주는 표현이었기 때문이다.

인류의 운명이 한 사람의 손에 달려 있다. 그리고 그 사람은 승리함으로써 인류를 구할 수 있지만, 그렇게 구한 후에는……

'정말로 신이 될 수 있겠지.'

구세록의 계약자 1세대만 해도 암중에서 세계를 좌우하는 왕 같은 존재들이었다. 하물며 그들보다 훨씬 강대한 힘을 지닌 용우라면 정말로 신이라 불리는 존재가 될 수 있으리라.

"그리고 그게 제게도, 인류에게 있어서도 좋은 일일 겁니다."

*　　　　*　　　　*

용우는 재해 지역을 돌아다니면서 몬스터를 잡기로 한 이유를 백원태에게 '전부' 말해주지는 않았다.

마력석 수급이 중요한 이유인 것은 사실이다.

하지만 이번 일로 또 한 가지, 정말로 중요한 이유가 생겨 버렸다.

'놈들이 머리를 낮추기 시작했어.'

용우가 너무 아프게 때려서 그런가, 종말의 군단은 신중한 우회 작전을 전개하기 시작했다.

'오만하게 대가리 쳐들고 있을 때야 쉬웠지만 이제부터는 진흙탕 싸움이 되겠지. 더 상황이 지저분해지기 전에 끝장을 봐야 해.'

용우는 혀를 차며 하던 일에 집중했다.

지구로 귀환한 후로, 용우는 봉인을 여러 차례 썼지만 성공 사례는 별로 없었다. 성좌의 무기나 아티팩트를 봉인하는 것에는 성공했지만 적을 봉인하는 시도는 늘 실패했다.

하지만 이번에는 이야기가 달랐다.

이비연을 되살렸던 지하의 비밀 공간에서 용우는 봉인으로 확보한 타락체와 지휘관 개체를 대상으로 은밀한 실험을 진행하고 있었다.

문득 그가 뒤를 돌아보며 물었다.

"미술 학원은 어땠어?"

"재미있었어. 이런 걸 그렸다?"

오늘부터 미술 학원에 다니기 시작한 이비연이 짠, 하고 스케치북을 펼쳐 보였다. 연필 스케치로 그린 사과와 바나나의 정물화였는데 오늘 처음 배우러 가서 그렸다고는 믿을 수 없을 정도로 정밀한 그림이었다.

"오빠 말대로였어."

일반인은 1밀리미터보다 좁은 폭을 인식해서 짚는 것을 묘기로 생각한다. 하지만 용우나 이비연에게는 그리 어렵지 않은 일이었다. 그들의 감각은 빠르고, 세밀하고, 광활했다. 또한 그들의 몸은 그 감각만큼이나 빠르고 정확하게 움직였다.

그렇기에 단순히 무언가를 보고 그리는 것에 있어서는 일반인과는 비교도 안 될 정도로 뛰어날 수밖에 없었다. 기본적인 테크닉만 익히고 나면 깜짝 놀랄 정도로 정밀한 초상화를 그릴 수 있을 것이다.

이비연이 물었다.

"실험은 어떻게 됐어?"

"반은 성공, 반은 실패."

어깨를 으쓱하는 용우의 앞에는 3등급 몬스터인 오우거의 거체가 쓰러져 있었다. 용우는 그 심장에 꽂혀 있는 볼더의 창을 뽑아내며 말했다.

"역시 네가 특수한 경우였어. 타락체를 되돌릴 여지는 없다."

용우는 사로잡은 타락체들을 봉인함으로써 두 가지를 실험했다.

첫 번째는 봉인이 성공하면 그들의 활동 한계를 무시하고 붙잡아둘 수 있는가?

그럴 수 있었다.

두 번째는 볼더의 창에 타락체의 영혼을 담으면 이비연처럼 구하는 게 가능한가?

이건 애당초 기대도 안 했지만, 역시 불가능했다.

"왜 너만 원래의 인격이 살아남았을까?"

용우가 아는 한 오로지 이비연만이 타락체가 되고 나서도 그 전의 인격이 남아 있었다.

이비연은 그 질문에 대한 답을 갖고 있었다. 스스로도 오랫동안 생각한 의문이었기 때문이다.

"표백에 얼마나 저항했느냐의 문제일걸."

"오래 저항했기 때문이다?"

"오래 저항할수록 많은 것이 남을 거야. 보면 타락체가 되기 전의 습관 같은 게 남아 있는 놈들이 있었거든. 담배를 피운다거나, 의미 없다고 생각하면서도 특정한 행동을 반복하거나……."

표백에 오래 저항할수록 표백 작업이 깔끔하게 이루어지지 않는다. 이비연은 그렇게 생각하고 있었다.

"그럼 네가 오래 저항할 수 있었던 이유는?"

"마력이 강하기 때문이겠지. 그때까지 나보다 마력 강한 사람은 없었으니까. 군단의 타락체 중에서도 한 손에 꼽을 정도고."

"그게 전제 조건이라고는 생각하지만… 그것만으로는 설명이 안 되지 않나?"

"그리고 집념. 타락체가 되기 싫다, 인간으로서의 자신이 소중하다, 그런 마음으로부터 비롯되는 저항하고자 하는 의지는 중요하다고 생각해."

"정신론인가. 여전히 부족해."

"거기에 내 특성까지 더해본다면?"

"결계가 최후의 저지선으로 작용했다……. 그럴 수 있겠군."

이비연은 '광휘의 세계수' 같은, 종말급 스펠에 해당하는 결계를 펼칠 수 있는 존재다. 결계에 관해서는 어비스 최강이었고, 타락체 중에서도 마찬가지였다고 한다.

그녀가 펼치는 결계는 다양하며, 그중에는 내면에 적용하는 것도 있다. 그런 결계가 표백으로부터 그녀의 자아를 지켜냈다면… 그럼 납득이 간다.

"이제부터 지구인이 타락체가 되는 건 어쩔 수 없어. 그게 군단이 전력을 보충하는 상투적인 수법이야."

이비연이 말했다.

군단의 타락체 중 지구인의 수는 극히 적다. 이비연이 아는 한 스무 명이 안 될 정도다.

그에 비해 상아인 타락체나 암석인 타락체는 수가 상당히 많다.

그렇게 차이가 나는 이유는 간단했다.

지구인 타락체는 전원 어비스 출신이지만, 상아인과 암석인은 군단이 제1세계, 제2세계와 전면전을 치르는 과정에서 지속적으로 병력을 보충한 결과물이었기 때문이다.

지구는 아직 그 단계에 이르지 않았다.

이 시점의 지구인들은 타락체로 만들기에는 너무 약하다. 그리고 아직까지 종말의 군단을 구속하는 행동 제약이 너무 강하다.

'지구인들의 성장 속도를 기반으로 추측해 보면, 아마도 9세대나 10세대쯤에나 최저 조건을 만족시키겠지.'

어쨌거나 지구인 각성자들은 세대를 거듭할수록 강해지고 있었다. 각성자들의 마력 평균치, 최대치도 계속 상승세였고.

하지만 이제 군단은 그런 조건들을 무시할 것이다.

이비연이 말했다.

"무조건 타락체를 만들겠지."

군단은 앞선 두 번의 전쟁에서 한 번도 겪지 못한 위기를 맞이했다. 군주를 둘이나 잃고, 열쇠마저 강탈당한 그들의 위기감은 최고조에 달했을 것이다.

재해 지역을 이용, 타락체와 지구로 침투시키는 우회 전략을 이용할 수 있게 된 시점에서 그들이 할 일은 뻔하다.

"다른 무엇보다도 정보가 필요할 테니까."

지구의 정보를 수집하고자 할 것이다.

그들이 지구에 대해서 아주 모르는 것은 아니다. 이비연처럼 어비스 출신의 타락체들이 있으니까.

하지만 그들의 정보는 퍼스트 카타스트로피가 일어나기 전의 낡은 것들이다. 지구 문명에 대한 보편적인 이해를 위한 참고 자료 이상이 될 수가 없다.

그들이 얻은 최신 자료는 지휘관 개체를 통해 인류와 교전하면서 얻은 자료들 정도였다.

하지만 이제 그것만으로는 안 된다는 사실을 절감했을 것이다.

"지구인 사이에 침투하거나 지구인을 타락체로 만들어서 정보를 얻을 거야. 그리고 그 정보를 바탕으로 뭔가를 하겠지."

"산업 시설을 파괴한다거나."

"정부 인사를 죽인다거나."

"헌터 기업을 테러한다거나……."

당장 생각나는 것들만 해도 산더미 같았다.

용우가 물었다.

"놈들이 지구인을 타락체로 만든다면, 그놈들은 어떻게 되지?"

"똑같은 제약을 짊어지게 돼."

"음?"

용우가 눈살을 찌푸렸다.

"지구에서 지구인이 타락체가 되어도, 지구에서의 활동에 제약이 발생한다고?"

"응. 군단의 일원이 되지."

"……."

그건 예상치 못한 일이었다.

"구세록의 규칙은 생각보다 빡빡한 거였군……."

"그리고 오빠도 알잖아? 타락체가 다른 누군가를 타락체로 만드는 건 상당히 까다로워. 안 그랬으면 어비스에서 최소한 천 단위의 타락체가 탄생했을걸."

"취향의 문제 아니었나? 개개인의 취향이야 정말 필요하면 무시할 수도 있는 거잖아?"

"그 '취향'에는 자기가 타락체로 만들 수 있는 대상인가 아닌가라는 조건도 들어 있어."

"마음에 드냐 아니냐의 문제만이 아니었던 건가?"

이비연이 고개를 끄덕였다.

용우가 말했다.

"그건 다행이지만… 어쨌든 골치 아픈 일이 늘어났군."

"몽상가 문제도 대책이 안 나왔잖아?"

"그렇지."

"어쩌려고?"

"어쩌긴."

용우가 심드렁하게 말했다.

"놈들이 때리면, 같이 때려줘야지. 놈들이 먼저 뒈질 때까지. 얼마 안 남았어."

"……"

즉, 아무 대책도 없다는 소리다. 이비연이 황당해하며 바라보자 용우가 피식 웃었다.

"물론 더 아프게 때려줄 방법은 찾았지."

"뭔데?"

"타락체를 되돌리는 건 실패. 하지만 지휘관 개체를 이용한 실험은 성공했거든."

용우가 지휘관 개체를 이용해서 실험한 것은 한 가지.

과연 빙의한 존재의 영혼을 빙의한 몸으로 끌고 올 수 있는가?

지금까지는 정신이 빙의한 몸에서 빠져나가지 못하도록 가뒀을 뿐이다. 하지만 영혼 그 자체를 본체에서 뽑아서 끌고 올 수 있다면?

그게 가능하다면 굳이 정보세계로 가서 본체를 상대할 것도 없이 놈들을 죽일 수 있다.

"이제 놈들에게 떡밥을 던져줄 준비를 해야겠지."

하지만 그 전에 뜻밖의 일이 용우를 찾아왔다.

Chapter47

유혹

1

무덤 없이 죽은 사람이 있다.

그의 죽음은 세상에 알려지지 않았다. 장례식도 치러지지 않았다.

그의 죽음을 아는 극소수만이 가슴에 그를 묻고 슬퍼할 뿐이다.

"후우."

백발의 청년, 차준혁은 무거운 한숨을 내쉬었다.

그는 폐허 한복판을 걷고 있었다. 한 손에는 독한 술이 들려 있고, 몸에서는 술 냄새가 난다. 하지만 걸음걸이는 흐트러지지 않았고 눈도 풀리지 않았다.

각성자가 된 후로 그의 몸은 술에 취하기도 힘들어졌다. 마력이 강해질수록 점점 더 그랬다. 그야말로 들이부어야 좀 취하는 느낌이라도 들까 말까였다.

끼익······. 끼이익······.

녹슨 철제 구조물이 바람에 흔들리는 소리가 들린다.

그가 걷고 있는 폐허는 다소 독특한 곳이었다. 거대한 테마파크의 폐허였으니까.

용인.

한때 한국을 대표하는 테마파크였던 장소의 폐허를 걷고 있었다.

놀이 기구들은 무참하게 부서져 있고 과거에는 계절마다 다른 아름다움을 뽐내던 화단과 정원은 황폐해져 있었다.

차준혁이 이런 곳을 걷고 있는 이유는 딱히 없다. 그냥 기분이 너무 울적해서 도심을 떠나서 마구잡이로 텔레포트해 돌아다니다 보니 도착했을 뿐이다.

주저앉아서 막힌 테마파크의 입구를 보는 순간, 차준혁은 어린 시절의 일을 떠올렸다.

이 모든 것이 시작되기 전, 아주 어릴 적에 부모님의 손을 잡고 이곳에 놀러왔던 기억을.

오랫동안 떠올리지 않은 추억이었다. 차준혁에게는 부모님에 대한 기억이 그리 선명하게 남아 있지 않았기 때문이다. 난리 통에 부모님을 떠올릴 사진 한 장조차 건지지 못했기에 시간이 지날수록 어린 시절의 추억은 희미해져만 갔다.

하지만 이곳에 도착하자 그때의 기억이 떠올라서 왠지 눈물이 흐를 것만 같았다.

"그래……. 요즘 세상에 이런 곳은 사치지."

차준혁은 레일째로 부서져서 무너져 내린 롤러코스터를 보며 중얼거렸다.

요즘 세상에도 테마파크는 있다. 하지만 그 테마파크들은 전부 도심에만 존재했다. 이곳처럼 교외에 넓은 부지를 차지하고 있던 테마파크는 하나도 살아남을 수 없었다.

문득 예전에 봤던 기사가 떠올랐다.

테마파크가 폐허로 변하자 부속되어 있던 동물원에서 기르던 동물들이 야수화되었다는 기사가.

크르르르르……

"이 동네에 먹을 게 많았나 보군."

퍼스트 카타스트로피 이후 몇 년이 지날 때까지는 그랬다.

차준혁이 쓴웃음을 지었다.

눈앞에 있는 것은 야수가 아니었다.

1등급 몬스터, 주시견이었다.

털 대신 비늘이 달린, 개를 닮은 사족 보행 생명체가 흉측하게 커다란 외눈으로 차준혁을 노려본다.

그것도 한 마리가 아니다. 어느새 주변이 열 마리가 넘는 주시견 무리에 의해 포위당해 있었다.

게이트 재해가 인류를 위협하는 이 시대, 문명의 빛이 닿는 곳은 철저하게 제한되어 있다. 과거에는 사람이 살던 곳에도 더 이상 사람이 살지 않는다.

지금 이 순간에도 세상 곳곳에서 게이트 브레이크가 일어나고 있다.

그리고 재해 지역에서 빠져나온 몬스터들이 사람의 발길이 닿지 않는 이런 곳에 자리 잡는 것도 흔한 일이었다.

"마음 놓고 술도 못 처먹는 신세라니. 가뜩이나 취하지도 않는데……."

차준혁이 술병을 탈탈 털어서 비우고는 병을 거꾸로 쥐었다.

카아아!

주시견 두 마리의 흉측한 눈이 빛났다. 표적의 움직임을 붙잡는 포박의 마안이 발동한 것이다.

그리고 나머지가 일제히 차준혁에게 뛰어들었다.

파지지지직!

공간이 뒤흔들리며 격렬한 스파크가 터졌다.

차준혁의 허공장에 부딪친 주시견들이 튕겨 나간다.

투학!

그리고 차준혁이 술병을 휘둘러서 주시견의 머리통을 박살냈다.

유리로 만들어진 술병도 견디지 못하고 부서졌기에 차준혁은 맨손이 되었다. 하지만 상관없었다.

콱!

발차기 한 방에 주시견이 두 동강 나서 죽었다.

콰콰콰콰콰쾅!

맨손으로 마격탄을 연사하는 것만으로도 주시견들이 박살 나서 흩어졌다.

차준혁의 본신 마력은 페이즈 16에 도달했다. 이미 5등급 몬스터 수준인 것이다. 주시견 무리쯤은 성좌의 무기가 없어도 상대가 안 된다.

―광휘의 검 소환!

그럼에도 차준혁은 빛 그 자체로 이루어진 검을 소환해서 손에 쥐었다.

"나와라."

물론 주시견을 상대하기 위해서는 아니었다. 누군가 모습을 감춘 채로 자신을 지켜보고 있다는 사실을 알아차렸기 때문이다.

"……."

정적이 흘렀다.

대답하는 목소리는 없었다. 누군가 있다는 존재감조차 느껴지지 않았다.

그럼에도 차준혁은 전투태세를 풀지 않았다.

"나오지 않겠다면……."

차준혁의 마력이 서서히 커져가고 있었다. 광휘의 검을 소환해서 손에 쥐는 것만으로도 그의 마력은 인류의 한계를 아득히 초월한 상태였다.

"후회하게 해주지."

차준혁이 눈을 날카롭게 빛내며 광휘의 검을 휘둘렀다.

겉으로 보면 허공에다 검을 휘둘렀을 뿐이다. 그러나 그 행동의 결과는 놀라웠다.

"음……!"

광휘의 검이 그려낸 궤적으로부터 조금 떨어진 곳에서 신음이 흘러나왔다.

"어떻게 한 거지? 몽환 영역에 있는 나를 치다니……."

코트를 입고 후드를 쓴, 그 후드 아래로 새카만 어둠만이 존재해서 얼굴을 알아볼 수 없는 소년이 나타났다.

팔이 얕게 베여서 피 냄새를 풍기는 소년은 당혹스러워하고 있었다.

"몽상가 루가루라는 놈인가?"

차준혁이 그에게로 다가가자 소년이 한 걸음 물러났다.

동시에 소년의 모습이 허공으로 녹아들듯이 사라졌다.

퍼엉!

직후 폭음이 울려 퍼지며 그 은신 행위가 저지되었다. 충격에 튕겨 나간 소년, 루가루가 아슬아슬하게 미끄러지면서 땅에 넘어지는 것을 면했다.

"뭐, 뭐야?"

"넌 이미 우리 동료 앞에서 그 재주를 한번 보여줬지."

일격으로 루가루의 도주를 저지한 차준혁이 싸늘하게 말했다.

블링크로 공간을 뛰어넘은 그가 광휘의 검을 루가루의 목에다 가져다대고 있었다.

"허튼수작을 봐주는 건 여기까지다. 다음번에는 죽인다."

"하… 당신 진짜 지구인인가?"

루가루가 어이없어하며 물었다. 차준혁은 대답하지 않고 그를 매섭게 노려보았다.

"아, 알았어. 칼 좀 치워주지 않을래? 난 당신하고 싸우러 온 게 아니거든."

"용건을 말해."

"아, 이거 참."

루가루가 쓴웃음을 지었다.

콰아앙!

직후 폭음이 울리며 차준혁과 그가 서로 반대편으로 튕겨 나갔다.

"허를 좀 찔러서 재미 좀 봤다고 너무 우쭐해하는데……."

루가루가 몸을 일으키며 목을 뚜둑 소리가 나게 꺾었다.

스르룽… 철컥!

허공에서 흑색의 건틀릿이 나타나서 루가루의 오른손을 감쌌다. 동시에 루가루의 마력이 급증하기 시작했다.

"짜증 나네. 그래도 내가 싸우러 온 게 아니라는 말은 사실이거든? 일단 이야기 좀 들어보지 않을래?"

"무슨 소리를 하고 싶은 거냐?"

차준혁이 신중하게 루가루를 관찰했다.

루가루의 흑색 건틀릿은 아티팩트급 장비였다. 지구에서 만들어지지 않았음이 분명한.

그리고 그 장비를 장착한 루가루의 마력은 지금의 차준혁을 능가하고 있었다.

물론 차준혁에게는 아직 전력을 다하지 않았다. 하지만 루가루에게도 뭔가 비장의 패가 남아 있지 않을까?

"몽상가는 꿈의 세계를 돌아다니지. 그러다가 네 꿈을 봤어."

"뭐라고?"

"다니엘 윤. 정말 살릴 수 없었을까?"

순간 차준혁이 전광석화처럼 루가루에게 뛰어들었다.

콰아아아앙!

폭음이 울리며 둘이 격돌했다.

광휘의 검을 흑색 건틀릿으로 막아낸 루가루의 모습이 흐릿해지며 사라진다.

투학!

직후 후두부를 노리고 날아드는 발차기를 차준혁이 몸을

돌리며 어깨로 받아냈다.

자세가 무너진 그에게 루가루가 에너지탄을 날리고, 회피하는 곳을 향해 뛰어들면서 공격을 날렸다. 완벽하게 적을 원하는 지점으로 몰아넣고 두들기는 공격이었다.

그러나 차준혁은 회피 단계부터 그의 예상을 벗어났다.

에너지탄을 피하지 않고 몸으로 들이받으면서 돌파한 것이다.

콰하핫!

오히려 루가루의 사각으로 뛰어든 차준혁이 검격을 날렸다.

"크……."

루가루가 신음했다.

옷이 찢어지고 몸에서 피가 흐르고 있었다. 광휘의 검이 그의 허공장을 가르고 몸통에 상처를 남긴 것이다.

"확실히 그와는 비교도 안 되는군."

루가루는 감탄했다.

차준혁의 전투 기술은 초일류였다. 몬스터를 상대할 때만이 아니라 대인전에서도.

우우우우우우!

그리고 그 앞에서 차준혁이 변신했다. 순백의 표면 위로 황금과 백은으로 복잡한 패턴의 무늬를 양각(陽刻)해 넣은 갑옷이 그를 감쌌다.

거대하다 못해 흉포한 마력이 끓어오른다. 루가루를 압도하는 마력이다. 그럼에도 루가루는 당황하지 않았다.

"확실히 강해. 1세대와 달리 기둥이라 불릴 만한 최저 조건은 만족시키는군."

루가루의 목소리에 기묘한 울림이 섞였다. 마치 짐승이 으르렁거리는 것 같은 울림이었다.

크르릉! 카룽!

늑대의 울음소리가 울려 퍼지며 루가루의 옷이 찢겨 나갔다.

〈늑대인간?〉

덩치가 두 배 이상 부풀어 오르면서, 루가루가 백색 털의 늑대인간으로 변했다.

하지만 휴머노이드 몬스터인 늑대인간과는 다르다. 일단 털이 하얀 것부터가 그렇고, 눈동자가 푸르다는 점과 신체의 실루엣이 인간에 가까운 균형감을 갖고 있다는 점이 그랬다.

여전히 오른손에 흑색의 건틀릿을 끼고 있는 루가루가 말했다.

"계속할 거면… 나도 이제는 더 못 봐주겠는데?"

"……"

루가루의 마력은 변신한 차준혁과 필적했다.

차준혁은 말없이 그를 노려보았다. 루가루가 허세를 부리는 건지 아니면 진짜로 뭐가 있는지는 알 수 없다. 어느 쪽이든 차준혁은 검을 거두지 않을 생각이었다.

루가루의 말은 정곡을 찔렀다.

용우가 이비연을 되살렸을 때, 차준혁은 그런 의문을 떠올리고 말았다.

서용우는 정말로 다니엘 윤을 구할 수 없었던 것일까?

답은 알고 있다.

그때는 어쩔 수 없었던 일이었다. 그때의 서용우에게는 그럴 힘도, 수단도 없었으니까.

그리고 이비연은 타락체 중에서도 인간일 때의 인격이 살아 있던 특이 사례이기에 시도라도 해볼 수 있었을 뿐이다. 다른 타락체는 되돌릴 수 없었다.

이성적으로는 그 사실을 납득했다.

하지만 마음은 아니었다. 이비연을 볼 때마다 울컥하는 감정이 일어났다.

루가루가 속삭이듯이 말했다.

"네 꿈을 보았다. 결론부터 말하지. 네 갈망은 이뤄질 수 있다. 다니엘 윤, 기둥의 제물이었던 그 남자를 되살릴 수 있어."

"뭐?"

분노로 타오르던 차준혁의 눈동자가 흔들렸다.

"얼토당토않은 소리로 들리겠지. 하지만 기둥의 제물은 특별하다. 다니엘 윤이 도달한 운명이자 네게 예비된 운명에 대해서 이야기해 주지."

"……."

"이야기를 들어볼 마음이 들었나 보군."

루가루는 늑대의 얼굴로 웃었다.

＊　　　　＊　　　　＊

팀 섀도우리스의 일원들은 의아함을 느끼며 모였다.

차준혁이 팀원들을 소집하는 것은 지금까지 없었던 일이기 때문이다.

서용우, 리사, 유현애, 이미나, 브리짓, 휴고… 그리고 이비연까지 전원이 모이자 차준혁이 입을 열었다.

"몽상가 루가루가 접촉해 왔다."

"호오."

용우가 눈을 빛냈다.

"대처법은 쓸모가 있었나?"

"있더군. 확실했어."

리사와 루가루가 만난 시점에서, 용우는 그가 '몽환 영역'이라 칭하는 정보공간과 현실을 오가는 기술에 대한 대처법을 팀원들에게 훈련시켰다. 차준혁이 루가루의 은신을 눈치채고, 도주를 막을 수 있었던 것도 그래서였다.

"하지만 잡지는 못했다. 승산을 장담할 수 없었어."

"그 정도였나?"

"그 농담이 진짜였다."

"음?"

"전에 현애가 농담처럼 말했던 거."

그 말에 모두의 시선이 유현애에게 집중되었다.

유현애는 어리둥절해하더니 확신이 없는 투로 말했다.

"어, 혹시 자기를 루가루라고 부르는 걸 보니 혹시 늑대인간 아닌가 했던 거요?"

"그래. 늑대인간이더군."

다들 황당해하며 차준혁을 바라보았다. 하지만 차준혁은 진지했다.

"휴머노이드 몬스터하고는 좀 달랐지만… 어쨌든 늑대인간 이라고밖에 말할 수 없는 놈이었다. 그걸로 변신하니 마력이 변신한 나 이상으로 강해지더군."

"늑대인간이라……."

이비연이 눈살을 찌푸리며 중얼거리자 유현애가 물었다.

"짚이는 데가 있어요?"

"늑대인간은 아니지만, 초월권족 출신의 타락체 중에 그런 하이브리드계 짐승 인간으로 변신하면 더 강해지는 놈들이 있어. 내가 본 건 곰 인간이나 용 인간 같은 괴물들이었는데 그런 계통일지도?"

"그렇다면 몽상가 타카야마 준이치의 몸을 차지한 초월권족 탈출자일지도 모르겠군."

용우의 말에 이비연이 고개를 갸웃했다.

"탈출자라. 그건 모르겠어."

"왜?"

"군단에서는 탈출자가 없다고 확신하고 있었거든. 제1세계의 탈출자는 제2세계와의 전쟁에서 다 잡아 죽였고, 제2세계의 탈출자는 없었다고."

"하지만 그놈들, 내가 탈출자일 거라고 의심하던데? 확신이 없는 게 아닐까?"

"그럴지도 모르겠네."

이비연이 애매한 기색으로 고개를 끄덕였다.

용우가 차준혁에게 물었다.

"접촉이라고 표현한 걸 보면, 놈이 그냥 간만 보고 물러난 건 아니었겠지?"

"우리에게 필요한 것을 주겠다더군."

"필요한 것?"

이어지는 차준혁의 대답은 모두에게 충격을 던져주었다.

"지구로 침입해 들어온 타락체를 탐지할 방법."

2

1세대 구세록의 계약자, 사다모토 아키라는 아무것도 하지 않고 거처에 처박혀 있었다.

더 이상 전투에 나서지 않는다. 뿐만 아니라 꾸준히 해오던 은퇴한 만화가로서의 그림 방송도 아무런 공지 없이 멈춰서, 인터넷에서는 그의 구독자였던 사람들이 혹시 무슨 일이 생긴 게 아닐까 걱정하는 목소리들이 올라오고 있었다.

그런 그에게 가면 같은 어둠으로 얼굴을 가린 소년, 루가루가 물었다.

"내가 언제까지 기다려 줘야 하지?"

루가루의 몸은 그 자신의 것이 아니다. 일본인 소년, 타카야마 준이치의 것을 양도받은 것이다.

몽상가의 자질을 타고난 그 소년은 팬텀의 실험체가 되어 그 재능을 개화하게 되었다. 하지만 그 과정에서 얻은 정신적 상처가 너무 커서, 구출된 후로도 광기에 시달리면서 몇 번이고 자살을 시도했다.

루가루는 그런 타카야마 준이치에게 접근했다.

그가 가진 능력, 꿈의 세계를 유영하는 능력을 통해서였다.

살아 있는 것 자체를 힘겨워하던 타카야마 준이치를 설득하는 것은 어렵지 않은 일이었다. 루가루는 타카야마 준이치의 몸을 차지하는 대신 한 가지 소원을 들어주기로 했다.

"피의 레지스탕스, 우리 아빠를 죽인 그 살인마를 죽여줘."

타카야마 준이치의 아버지를 죽인 살인자, 사다모토 아키라를 죽여 달라는 소원을.

하지만 루가루는 그 소원을 곧바로 들어주지는 않았다. 어렵지 않게 사다모토 아키라를 찾아냈고, 얼마든지 그를 죽일 능력이 있음에도 그랬다.

"내가 당신을 배려해 주는 것도 슬슬 한계야."

사다모토 아키라가 구세록의 계약자이기 때문이었다.

그가 지금까지 세계를 지켜왔기에, 그런 공적에도 불구하고 죽은 후에 어떤 꼴을 당할지 알기에 그를 배려했다.

하지만 그것도 한계가 있었다. 몸의 주인, 타카야마 준이치의 의지가 루가루에게 계약을 이행할 것을 촉구하고 있었기 때문이다.

"열흘이면 될 것 같군."

"뭐?"

"성공하든 실패하든, 그 후에는 죽어주지."

스스로의 죽음을 이야기하면서도 사다모토 아키라는 무덤덤했다. 말문이 막힌 루가루에게 그가 물었다.

"하지만 너는 괜찮은 건가? 아직 새벽의 해머를 계승받지도 않았으면서 그들과 접촉해도?"

사다모토 아키라는 루가루가 팀 섀도우리스와 접촉한 건에 대해서 묻고 있었다.

"괜찮아. 위험한 놈들이긴 하지만 한 가지는 확실하지."

루가루가 자신만만하게 웃었다.

"내가 주겠다고 한 것은 지금의 놈들이 가장 절실하게 필요로 하는 것이라는 사실."

*　　　　*　　　　*

차준혁의 말은 팀 섀도우리스에 충격을 던져주었다.

"……."

침묵이 그 자리를 지배했다.

분명 차준혁이 전한 루가루의 제안은 지금의 팀 섀도우리스가 가장 필요로 하는 것이다.

지구로 침입할 타락체들이 할 수 있는 일을 리스트로 만들어 보면 골치 아프다 못해 절망적인 것들이 넘쳐났으니까.

사회를 혼란에 빠뜨리고, 인류의 방위 시스템에 치명적인 타격을 입힐 수 있는 놈들이다. 그리고 이런 공격을 상대로는 팀 섀도우리스조차 사건이 터지고 나서 막으려 나서는 것밖에 할 수 있는 일이 없다.

그런 때에 구원의 손길이 나타났는데도…….

"지나치게 타이밍이 좋군."

아무도 기뻐하지 않았다.

브리짓이 말했다.

"우연은 아니겠죠. 우리를 살피고 있었을 겁니다. 그리고 군단의 움직임 또한."

"양쪽 모두를 웃도는 정보력을 가졌다, 그런 뜻인가?"

"그렇지 않고서는 설명이 안 됩니다."

그 말에 용우가 생각에 잠겼다. 잠시 후, 용우가 이비연에게 물었다.

"네 생각은 어때?"

"내가 인지하는 한에는, 우리를 엿보는 시선은 없었어."

이비연은 결계 구축에 있어서는 용우를 훨씬 능가한다.

그리고 이 결계는 종류가 다양하고 응용 폭이 넓었다. 모든 스펠을 통틀어 봐도 지속성을 갖는 경우가 거의 없다는 점을 고려하면 더더욱.

이비연은 늘 자신이 관측당하는 경우에 대비하고 있었다. 지금 모인 장소만 하더라도 그녀가 관측을 막는 결계를 쳐둔 상태다.

용우가 물었다.

"너조차 인지 못하는 관측 방법이 있을까?"

"일단 인공위성이랑 고고도 정찰기. 오빠한테 이야기 듣고 인지하려고 노력해 봤는데… 안 돼. 일단 의지가 없고, 너무 멀어."

현대 문명의 힘은 놀라웠다. 마력도 다루지 못하는 인류지만 어떤 면에서는 군주들조차 못 하는 일을 해낸다.

"그 둘을 빼면?"

"텔레파시 계통의 탐지, 관측 기술은 다 걸리고… 멀리보기 계통도 마찬가지."

"그거 빼면 남는 게 없잖아?"

"있긴 있어. 일단 예지."

"예지? 막았잖아?"

용우가 눈살을 찌푸렸다. 이비연의 결계 스펠은 예지조차 막을 수 있다. 그리고 사실 용우나 이비연에게 있어서 예지는 별로 대처하기 어려운 능력이 아니다.

"단기 예지는 그런데 장기 예지라면 막기 힘들잖아. 그냥 막연한 예감으로 작동하는 경우가 많고, 그게 아니더라도 파편화된 꿈을 보는 경우도 있고 하니까."

"하지만 장기 예지는 정확성이 높을 수가 없지."

"그럼 딱 한 가지만 남네."

"뭔데?"

"몽계유영(夢界遊泳)."

용우의 표정이 묘해졌다.

"그게 뭔데?"

그조차 들어본 적이 없는 무언가였으니까.

유현애가 눈을 휘둥그레 떴다.

"아저씨도 모르는 스펠이 있어요?"

"…누가 들으면 내가 모든 걸 다 아는 줄 알겠다? 모르는 거 천지야."

용우가 심드렁하게 말했지만 유현애만이 아니라 다들 납득이 안 간다는 표정을 짓고 있었다.

이비연이 재미있다는 듯 웃었다.

"얼마 안 봤지만 이 팀에서 오빠 이미지가 어떤지 알겠네."

"그건 됐고. 몽계유영이 뭔데?"

"아마 어비스에는 보유자가 없었던 것 같아. 군단의 타락체 중에 딱 한 명 있었어."

이비연이 설명하는 몽계유영은 한 가지 묘한 전제를 깔고 시작한다.

'인류의 꿈은 같은 영역을 공유하고 있다.'

사람의 꿈은 제각각이다. 하지만 그런 꿈들이 모두 같은 영역을 공유하고 있으며, 그 공유 영역이 일종의 정보세계라는 전제였다.

"몽계유영은 그 정보세계… 꿈의 세계를 유영하는 능력이야. 그리고 만약 그 루가루라는 작자가 이 능력의 소유자라면, 한 가지는 확실해."

"뭔데?"

"그는 제1세계의 존재야."

"초월권족?"

"응. 제2세계의 존재는 이 특성을 가질 수가 없대."

"왜?"

"그들은 꿈을 안 꾸거든. 군단에 들어오기 전까지 그들은 꿈이라는 개념 자체를 몰랐다고 해. 군단에 들어온 후에도 그런 게 있다고만 알지 이해는 못 하는 모양이고."

인류와 대화가 성립할 정도로 비슷한 의식 세계를 가진 놈들인데 그럴 수가 있단 말인가?

용우는 그 사실에 흥미를 느꼈지만 지금은 이게 인류학을 연구할 때가 아니었다.

"그 꿈의 세계에서 타인의 꿈을 통해서 정보를 얻기 때문에, 정보를 감추는 게 불가능하다?"

"응. 이것저것 제약이 있긴 한 모양이지만……."

"그게 사실이라면 골치 아프군. 그리고 루가루라는 놈이 보여준 능력하고도 어느 정도 맞아떨어져."

"그놈이 말한 몽환 영역이라는 건 꿈의 세계의 일부, 그의 의지에 의해 구체화되고 통제되는 영역이 아닐까? 현실과 꿈의 세계 양쪽을 오갈 수 있다면 지금까지 보여준 모습이 설명이 되지."

"잠깐만요."

가만히 듣고 있던 브리짓이 끼어들었다.

용우와 이비연이 무슨 일이냐는 듯 바라보자 그녀가 쓴웃음을 지으며 말했다.

"다른 가능성도 있다고 봅니다."

"무슨 가능성?"

용우와 이비연은 대체 무슨 소리를 하느냐는 표정을 지었다.

"아주 합리적인 방법이 있지요. 미국과 한국의 정보 담당자에게서 정보를 빼내면 됩니다. 우리와 관계가 있는 요인들을 찾고, 그들에게서 텔레파시로 정보를 빼낸다면 어떻습니까? 텔레파시를 제로, 당신보다 능수능란하게 다룰 수 있다면 그랬다는 사실조차 잊게 만들 수 있겠죠. 그리고 그 흔적을 잘 감춘다면 제로 당신이라고 해도 굳이 텔레파시로 조사를 해 보지 않는 한 알 수 없지 않습니까?"

"……"

용우와 이비연이 꿀 먹은 벙어리가 되었다.

생각해 보니 그랬다. 루가루가 보여준 능력이라면 그건 아주 손쉬운 일일 것이다.

"맹점이었군. 우리 경험에 기대서 생각하다 보니 그런 당연한 방식을 생각 못 했어……"

용우가 신음했다. 확실히 현실적인 시나리오였다.

브리짓이 말을 이었다.

"표적이 될 만한 사람은 꽤 있지요. 정부 요인 몇 명만 뒤져봐도 우리와 연결 고리가 있는 사람들을 특정할 수 있을 테니까요. 백원태 사장, 오성준 사장, 김은혜 매니저……"

그들에게는 허공장을 비롯해서 스스로를 지킬 수 있는 힘을 주기는 했다. 전투 능력이 뛰어난 경호원들도 붙어 있었다.

하지만 루가루 정도 되는 능력자에게는 별 의미가 없을 것이다.

브리짓이 말을 이었다.

"하지만 그래도 당신들이 말한 가능성 쪽이 더 크다고 생각하긴 합니다. 제가 말한 가능성은 희박하겠지요."

"왜 그렇게 생각하지?"

"두 사람이 이야기하는 걸 보니 그런 생각이 듭니다. 루가루라는 자가 우리에게 접촉한 방식을 보면 아마 두 사람과 사고방식이 비슷할 것 같군요."

"……."

용우의 표정이 떨떠름해졌다. 무식한 놈이라는 욕을 들은 기분이었기 때문이다.

"그럼에도 제가 말한 가능성을 염두에 둬야 한다고 봅니다. 이참에 내부적으로 점검을 한번 하고 대책을 세워두는 편이 좋겠지요. 혹시 대책은 있습니까?"

"있지."

"어떤 대책입니까?"

"비연이가 알아서 할 거야."

그러자 이비연이 한숨을 쉬었다.

"귀찮은 건 다 나한테 떠넘기는 거 아냐? 일 너무 많아……."

"너밖에 할 수 없는 일이야."

그 말에 이비연은 정말 싫다는 표정을 지었지만 반박하진 않았다.

투정을 부리긴 했지만 용우의 말은 사실이었다. 브리짓이 지적한 경우에 대한 가장 적합한 대응책은 이비연의 결계였으니까.

"알았어. 그리고 하는 김에 한 가지 더."

"뭔데?"

"리사 좀 빌려줘."

그 말에 리사가 눈을 동그랗게 떴다. 하지만 곧바로 이어진 이비연의 말에 다들 납득했다.

"몽상가에 대해서 같이 연구 좀 해볼게."

"그런 거라면야 얼마든지. 리사, 협력해 줘."

리사의 불안한 표정을 본 용우가 한마디 덧붙였다.

"인체 실험 같은 거 하자는 이야기 아니니까 걱정하지 마. 비연이는 나보다 기술을 연구하는 능력이 훨씬 뛰어나. 너희들한테 가르쳐 주는 기술 중 몇몇 개는 얘가 만든 거야."

마력 증폭 기술 '워 드레스'만 해도 이비연이 개발한 기술이었다. 약점이 없는 만큼 원리도 그리 복잡하지 않았기에 순식간에 분석당해서 당시의 생존자들에게 널리 퍼졌지만.

그때 차준혁이 말했다.

"이야기를 계속해도 되겠나?"

"음? 놈이 더 말한 게 있었나?"

"그 방법이 뭔지도 말해줬다."

"뭐였는데?"

"구세록의 기능 하나를 더 개방해 주겠다는군. 즉, 나와 브리짓이 놈들을 탐지할 수 있게 해주겠다는 뜻이다."

순간 그 자리의 분위기가 변했다.

용우가 표정을 굳혔기 때문이다. 한참 동안 무섭게 굳은 표정을 하고 있던 용우는 어이없다는 듯 투덜거렸다.

"…아, 뭐야. 쪽 팔리게. 완전히 헛다리 짚고 있었잖아?"

"왜?"

이비연이 고개를 갸웃하자 용우가 말했다.

"루가루, 그놈의 정체를 알았어."

"응? 어떻게?"

"놈은 히든 페이지와 관련이 있군. 그리고……."

용우는 심술궂은 표정을 지었다.

"내 가설을 증명해 줬어. 이거 감사의 마음을 듬뿍 전해야겠는걸?"

"혹시 그거 때문에 스케줄 바꿀 거야?"

이비연이 물었다.

팀 섀도우리스는 지금 특수한 작전 하나를 준비하고 있다. 그리고 그 작전 준비의 핵심이 이비연의 몫이기에 스케줄 변경에 민감할 수밖에 없었다.

"그럴 필요는 없어. 차준혁, 혹시 루가루 그놈이 거래 조건이나 일시를 말했나?"

"말하지 않았다. 가까운 시일 내로 자기가 다시 찾아올 테니 그때까지 대답을 준비해 두라고만 하더군."

"주도권을 잡고 우리를 자기 뜻대로 끌고 다니고 싶다는 속셈이 아주 노골적이군."

용우의 말에 차준혁의 표정이 불편해졌다.

그랬다. 루가루는 차준혁에게 악마의 속삭임처럼 불길한 유혹을 던지고 사라졌다. 마음속에 일어나는 파문에 괴로워하라는 것처럼.

'선생님······.'

다니엘 윤을 살릴 수 있다.

놈은 그렇게 말했다.

죽은 사람을 살린다니, 말도 안 되는 소리였다.

하지만 차준혁은 그 가능성을 깨끗하게 부정할 수가 없었다.

'이비연.'

서용우가 그녀를 구한 과정은 사실상 죽은 자를 되살린 것과 같지 않은가?

"뭐, 좋아. 자기가 게임 마스터라도 되는 것처럼 모든 걸 좌우할 수 있다고 착각하고 있나 본데··· 주제를 가르쳐 줘야겠군."

차준혁을 상념에서 깨운 것은 용우의 목소리였다.

"찾아오기 두려워서 벌벌 떨거나, 아니면 당장에라도 만나고 싶어서 안달이 나거나… 둘 중 하나가 되게 만들어주지."

3

종말의 군단은 재해 지역을 활용하기 시작했다.

인류의 방위 시스템이 뛰어나다 하나 지구 전역을 커버하지는 못한다. 재해 지역에서는 끊임없이 게이트가 발생하고, 그리고 손쓸 도리도 없을 정도로 빠르게 게이트 브레이크가 터진다.

현 시점에서 인류가 재해 지역에 대해서 할 수 있는 일은 어디까지나 몬스터 개체수를 줄여가면서 확산을 막는 것뿐.

그리고 그것조차도 인류의 거주 지역과 가까운 재해 지역에나 해당되는 이야기다.

9등급 몬스터 서식지를 중심으로 광활한 영역이 잠식당한 구 중국령의 베이징, 그린란드, 아프리카 같은 곳들은 아예 손을 쓸 수가 없다.

군단은 이런 재해 지역에 게이트를 열고, 게이트 브레이크를 일으키는 것으로 타락체와 지휘관 개체를 지구로 침투시켰다.

물론 그렇게 침투시켜도 그들에게는 여전히 활동의 제약이 존재한다. 하지만 애당초 거창한 파괴 활동을 노리지 않기에 그것으로도 충분했다.

"그런데 왜 하필이면 괌이에요?"

유현애가 물었다.

팀 섀도우리스는 재해 지역, 괌에 와 있었다.

괌은 미국 정부가 관리를 포기한 땅이었다. 과거 미국의 군사력은 자국의 영토를 지키는 것을 넘어서 전 세계를 커버할 정도였지만 퍼스트 카타스트로피 이후로는 그럴 수가 없었다.

미국에서 너무 멀리 떨어진 괌에 방위 라인을 구축하는 것은 현실적으로 불가능한 일이었다. 그리고 미국 입장에서는 이미 멸망한 괌을 굳이 무리해 가면서까지 탈환할 이유도 없었고.

결과적으로 괌은 몬스터들이 득시글거리는 몬스터 아일랜드가 되었다. 하지만 그곳은 재해 지역인 동시에 바다가 장벽이 되어서 그 이상 확장되지 못하는, 몬스터를 가두는 감옥이기도 했다.

군단의 특작 부대가 침투하기에는 아주 좋은 환경이다.

"바다 한복판의 섬이니까."

물론 괌 말고도 그런 조건을 갖춘 재해 지역은 많다.

하지만 괌은 미국령이라서 애비게일 카르타를 통하면 작전 지역으로 삼기 좋다는 이유로 괌이 선택되었다.

"그리고 크기도 적당하고."

괌의 면적은 제주도의 절반도 안 된다. 용우가 괌을 선택할 때는 그 점도 고려되었다.

"일단은… 보이는 족족 다 없애."

용우가 지시를 내렸다.

표면적으로 팀 섀도우리스는 미국 정부의 의뢰를 받고 재해 지역 괌을 청소하기 위해서 온 것이다. 미국 정부가 과거에 괌에서 회수하지 못한 뭔가를 수색하고 싶어서 팀 섀도우리스에게 청소를 의뢰했다는 시나리오였다.

팀 섀도우리스는 미화 1억 달러, 그리고 3톤의 마력석을 대가로 받고 괌 정화 작전을 수행한다. 미국이 군사 지원을 하지 않는 대신 몬스터의 부산물은 전부 팀 섀도우리스가 갖는 조건이었다.

'일일이 명분을 만들자니 귀찮군. 하지만 이렇게라도 마력석을 수급할 수 있으니 다행이지.'

미국의 마력석 비축량은 어마어마했다.

하지만 그것은 어디까지나 국가의 전략 자원이다. 애비게일 카르타가 용우에게 그것을 주기 위해서는 팀 섀도우리스가 미국을 위해 일해준 것에 대한 대가를 준다는 명분이 필요했다.

휴고가 용우에게 물었다.

"놈들은 어떻게 찾지? 아니, 그보다 여기 있긴 있는 거야?"

"모르지."

"……."

"워낙 잘 숨어서 통상적인 탐지 수단으로는 파악할 수 없고, 지금까지 몇이나 들어왔는지도 알 수 없지. 그래서 재해 지역을 하나씩 하나씩 뒤집어보자고 한 거야."

"야, 너무 무식하잖아……."

"달리 방법이 없으니까 허탕을 쳐도 마력석 수급은 할 수 있는 작전을 잡은 거지."

"이런 식으로 괜찮겠냐? 놈들이 언제 행동에 나설지도 모르는데."

"그럼 그건 어쩔 수 없고."

"야."

심드렁한 용우의 대답에 휴고가 눈썹을 치켜 올렸다. 수많은 인명이 걸린 일인데 용우가 너무 성의 없는 태도를 보인다고 생각해서였다.

하지만 다음 순간 이어진 용우의 말에 휴고는 움찔했다.

"우린 신이 아니니까."

"……."

"네가 세상 전부를 책임질 수 있다고 착각하진 마라. 그런 인간은 없어."

용우는 선택할 수 없는 운명의 혹독함을 영혼에 새기며 살아온 사람이다.

악의와 살인을 강요받는 어비스라는 지옥에 납치당해서 자신을 죽이려고 한 자들을 죽였다. 그 행위는 불가피하다고, 정당방위라고 변명할 수 있는 것이리라.

그럼에도 용우의 마음속에는 무수한 상처가 나 있었다.

어쩔 수 없었다. 정당한 행위였다.

그렇게 생각하면서도 마음속에는 죄책감이 지울 수 없는 낙인처럼 새겨져 있었다.

하지만 용우는 그 죄책감을 씻어내고 싶다고 생각해 본 적이 없었다. 어비스에서 누군가를 죽일 때 용서를 구해본 적도 없고, 속죄를 바라지도 않았다.

죄책감은 죄책감일 뿐이다. 누군가 강요한 지옥 속에서 자신이 살기 위해서 저지를 수밖에 없었던 죄. 그 사실로부터 도망칠 수 없다면 모든 것을 끌어안고 앞으로 향하는 수밖에 없다.

속죄할 이유도, 미안해할 이유도 없지만 그럼에도 무언가를 하고 싶다. 용우가 얼굴도 모르는 사람들이 가득한 세상을 지키는 것에는 복수심만이 아니라 죄책감 또한 큰 역할을 하고 있을 것이다.

'다니엘 윤.'

용우는 불현듯 다니엘 윤을 떠올렸다.

마지막 순간, 용우는 그에게서 놀랍도록 자신과 유사한 감정을 발견했다. 죄책감의 이유는 서로 다르겠지만 용우는 그에게 동질감을 느꼈다. 분명 그 역시 죄책감에 기대어 사명감의 무게를 견뎌왔으리라.

용우는 가까운 곳에서 전투를 개시한 차준혁을 보며 생각했다.

'부디 네 후계자가 잘못된 선택을 하지 않길 바란다.'

                    *   *   *

팀 섀도우리스는 놀라운 속도로 괌의 몬스터들을 학살하고 있었다.

그렇다. 학살이다.

더 적합한 표현을 찾을 수 없는 광경이었다.

쫘르릉! 쫘광!

시퍼런 뇌전이 달리면서 몬스터들을 찢어발긴다.

전신에 뇌전을 휘감은 휴고와 브리짓이 압도적인 화력으로 주변을 휩쓸었다. 두 사람은 변신도 안 한 채였지만 그럼에도 그 앞에서 버텨내는 몬스터가 없었다.

'확실히 우리는 강해졌다.'

그 광경을 보면서 차준혁은 생각했다.

'터무니없이 빠른 속도로.'

분명 팀 섀도우리스의 전투 능력은 시간이 갈수록 강해지고 있다. 그 성장 속도는 경이로울 정도였다.

차준혁만 봐도 그렇다.

작년 9월에 팀 섀도우리스가 결성된 후로 7개월.

그 이전과 비교할 때 차준혁의 전투 능력은 비교도 안 될 정도로 강해졌다.

본신 마력만 해도 페이즈 16으로 성장했고, 다종다양한 특성과 스펠을 터득하면서 올라운더로 거듭났다. 또한 광휘의 검의 잠재력을 훨씬 잘 끌어낼 수 있게 된 것은 물론이고 용우에게 어비스의 노하우를 전수받아서 전투 기술이 큰 폭으로 향상되었다.

이런 성장은 다른 팀원도 모두 마찬가지다. 다들 비정상적인 페이스로 강해지고 있었다.

2개월 전만 해도 실력 좋은 타락체와 싸우게 되면 다대일로도 꽤나 고전했었다. 하지만 지금이라면 차준혁과 휴고 둘은 일대일로도 그 타락체와 대등하게 싸울 수 있을 것이다.

이제 그들에게 있어서 재해 지역은 전혀 문제가 되지 않는다.

차준혁은 4등급 몬스터가 득시글거리는 괌에서 전혀 위기감을 느끼지 못하고 있었다.

그때였다.

〈거긴 혹시… 괌인가?〉

한창 몬스터들을 섬멸하고 있는 차준혁에게 텔레파시로 속삭이는 것 같은 목소리가 들려왔다.

〈왜 그런 곳에 가 있는 거지?〉

정체불명의 몽상가 루가루였다. 그는 차준혁이 괌에 있다는 사실에 당황하고 있었다.

〈놈들을 찾기 위해서지.〉

차준혁은 언제고 그가 다시 접촉해 올 것을 알고 있었다. 그럼에도 동료들과 함께 작전을 수행하는 중에 연락이 오자 심장박동이 빨라지는 것을 느꼈다.

〈지금 연락하는 건 위험하다. 동료들이 눈치챌 거야.〉

〈아니, 괜찮아.〉

루가루는 자신 있게 단언했다.

〈나는 지금 구세록의 히든 채널을 통해서 너와 연락하고 있는 거니까. 통상적인 텔레파시와는 다르지.〉

〈히든 채널? 그게 뭐지?〉

〈너희들이 애용하는 정보공간의 다른 채널이지. 애비게일 카르타나 브리짓 카르타에게 들키면 곤란하잖아?〉

그런 게 있었단 말인가? 차준혁이 헬멧 속에서 눈살을 찌푸리는데 루가루가 말했다.

〈어쨌든 마침 잘됐어.〉

〈뭐가 말이지?〉

〈내 말이 진짜라는 걸 증명하기 위해서 연락한 거니까. 네가 있는 곳에서 가장 가까운 곳에 있는 타락체의 위치를 알려주려고 했는데… 괌에도 딱 자리 잡고 있군.〉

순간 차준혁의 뇌리로 어떤 이미지가 흘러 들어왔다.

괌의 지도에 특정한 위치가 빨간 점으로 반짝이는 이미지였다.

〈거기에 타락체가 둘 있으니까 확인해 봐.〉

루가루는 그 말을 끝으로 텔레파시를 끊었다.

차준혁은 주변을 한차례 둘러보고는 루가루가 알려준 방향으로 나아가기 시작했다.

그리고 잠시 후,

"놈들을 찾았다."

일직선으로 몬스터들을 섬멸하며 나아가던 차준혁이 모두에게 통신을 보냈다.

*　　　*　　　*

놈들은 과거 괌의 이름난 리조트 호텔 중에 하나, 괌 쉐라톤 라구나의 폐허에 자리 잡고 있었다.

20세기의 할리우드 영화에서 볼 법한 고전적인 남국의 꿈 그 자체였던 이 리조트 호텔은 지금은 낭만의 흔적조차 남아 있지 않았다.

콰콰콰쾅!

폭염과 뇌전, 고열고압의 섬광이 반쯤 주저앉은 리조트 건물의 한편을 폭격한다. 늪처럼 변해 버린 수영장이 폭발하고 그나마 형체를 유지하고 있던 워터 슬라이드가 산산이 부서져서 날아가 버렸다.

"크윽……!"

그리고 집중 공격을 받는 지점에는 타락체 둘과 지휘관 개체 일곱이 있었다.

서용우와 이비연이 백두산에서 발견했던 놈들과 마찬가지였다.

거대한 일루전 큐브로 특정 영역을 감싸고, 그 안에 마력을 감추는 결계를 펼친 철저한 은신 상태였다.

하지만 막강한 화력으로 공격을 퍼붓자 은신이 깨지면서 그 속에 있는 것들이 드러날 수밖에 없었다.

〈지휘관 개체들은 죽이지 마.〉

그렇게 지시한 용우는 이미 지휘관 개체들이 이탈할 수 없도록 조치를 취해둔 후였다.

그가 전개한 텔레파시가 일종의 족쇄가 되어서 지휘관 개체들이 빙의한 몸에서 빠져나갈 수 없게 만들었다. 빠르게 자살한다면 이탈할 수 있겠지만 저들은 거기에까지 생각이 닿지 않을 것이다.

"이놈들이!"

타락체는 둘 다 암석인이었다.

게다가 잔챙이가 아니다. 둘 다 8등급 몬스터 수준의 마력을 갖고 있었다.

"죽여주마!"

암석인 타락체들이 붉은 눈동자를 빛내며 뛰어들었다.

서로 나뉘는 대신 하나의 표적을 노린다. 일행 중 가장 약해 보이는 존재를.

'격세지감이 느껴지는군.'

바로 서용우였다.

암석인 타락체들은 그렇게 판단할 수밖에 없었다. 그들의 판단 기준은 마력이었으니까.

팀원 전원이 변신하고 있는 지금, 성좌의 무기조차 꺼내지 않고 있는 용우는 최약체로 보이는 것이다.

쾅!

용우는 격돌의 순간, 블링크로 위치를 바꾸면서 양손대 검을 휘둘렀다.

암석인은 놀라운 반응속도로 그것을 막아내고는 곧바로 블링크한다.

쾅! 콰콰콰콰쾅!

용우와 암석인이 연속으로 블링크하면서 현란하게 격투를 벌였다.

또 하나의 암석인은 그 전투에 합세하지 못했다. 따라붙으려는 순간 차준혁이 그를 덮쳐서 지상에 처박았기 때문이다. 예지능력자이기에 가능한 순간 포착이었다.

그리고 용우와 일대일로 교전하는 암석인은 의아함을 느끼고 있었다.

'이상하다.'

분명 그의 마력이 용우의 마력을 압도한다. 그런데 왜 우위를 점할 수가 없단 말인가?

　파지지지직!

　심지어 용우와 격돌할 때마다 그의 허공장이 고속으로 깎여 나간다.

　그 역시 허공장 잠식을 시도하고 있지만 용우의 기술이 월등하다. 그렇다 해도 출력이 두 단계 이상 차이나는 데도 이럴 수가 있단 말인가?

　"감사하지."

　문득 용우가 말했다.

　"괜찮은 연습 상대였어, 너는."

　"뭐라고?"

　암석인이 눈을 부릅뜨는 순간이었다.

　파악!

　용우의 양손 대검이 거짓말처럼 그의 몸통을 가르고 지나갔다.

　"……!"

　암석인의 허공장은 물론이고 검의 궤적을 가로막은 양팔과 몸통까지 잘라 버린 것이다.

　'아, 완전히 속았다……!'

　암석인은 용우가 마력을 감추고 있었다는 사실을 깨달았다. 그 자신의 마력만이 아니라 무기의 마력까지도!

그의 손에 들린 양손 대검은 평범한 양손대검이 아니었다. 성좌의 무기 융합체, 트리니티였던 것이다.

용우는 교묘하게 마력을 감춰놓고 있다가 아주 짧은 순간 동안만 그 힘을 폭발시키는 것으로 암석인을 베어버렸다.

쾅!

용우는 암석인의 머리통을 부수고, 제어를 잃은 몸통을 산산조각 내서 숨통을 끊었다.

'이젠 잘들 하는군.'

그사이 동료들 역시 다른 하나의 암석인을 손쉽게 끝장냈다.

용우는 그 자리에 굳어 있는 지휘관 개체들에게 다가가며 말했다.

"너희들이 뭘 하려고 했는지 알고 있다. 이제는 그 대가로 뭘 지불해야 할지 알려주지."

                    *   *   *

루가루는 사다모토 아키라가 한동안 거주하고 있는 맨션 옥상에서 괌에서 일어나는 일을 보고 있었다.

그에게는 간단한 일이다. 구세록의 계약자가 쓰고 있는 관측 기능을 쓸 수 있었으니까.

그가 사다모토 아키라에게 1순위 계승 후보로 설정되었기 때문이 아니다. 그는 구세록의 계약자들조차 모르는 구세록의 기능들을 쓸 수 있었다.

"뭐야?"

괌에서 일어나는 일을 흥미롭게 지켜보던 루가루는 어느 순간 경악해서 비명을 지르고 말았다.

"이런 미친놈! 무슨 짓을 하는 거야?"

서용우는 루가루가 상상도 못한 미친 짓을 저지르고 있었다.

4

괌 쉐라톤 라구나의 폐허, 일루전 큐브로 감춰졌던 공간에는 백두산에 있던 것과 똑같은 풍경이 있었다.

대형 몬스터들의 시체를 재료 삼아서 만든 그로테스크한 건축물들, 그리고 그 한복판에는 7개의 빛 덩어리가 떠 있다.

"이건 고성능 통신 중계기 같은 거지."

용우는 백두산에서 확보한 샘플을 권희수 박사에게 맡겼다. 권희수 박사는 어렵지 않게 그것이 어떤 기능을 하는지 파악해 냈다.

이것은 군단이 지구와 실시간으로 정보를 주고받을 수 있는 통신 중계기다. 이것을 세계 곳곳에 배치하는 것으로 군단의 전략적인 약점, 정보력 문제를 해결하려고 한 것이다.

뿐만 아니다.

"게이트 발생 지점을 정할 수 있는 좌표 지정기이기도 할 것이고."

게이트를 발생시킬 수 있는 기능은 없다. 그러나 지구에 발생할 게이트를 원하는 지점에 발생하게 만들 수는 있다.

거기까지 알게 되자 소름이 끼쳤다.

이놈들이 이런 거점을 여럿 만들면서 정보를 수집하는 것은 정말 위험한 일이다.

시간이 지나면 군단은 정보를 수집해서 인류 사회에 대해서 이해하고, 무엇을 타격해야 더 치명적일지를 알게 될 것이다.

충분한 수의 거점을 만들고, 타락체들과 지휘관 개체들을 배치한 후에 동시다발적으로 일을 벌인다면?

그럼 인류를 끝장낼 수도 있다.

팀 섀도우리스가 막아내는 것에도 한계가 있다. 인류가 구축한 방위 시스템의 핵심들을 타격해서 붕괴시킨다면, 그때부터 인류는 게이트 재해를 막지 못하게 된다.

'역시 시간이 없었다.'

이쪽이 죽기 전에 저쪽을 죽여야 한다.

용우는 새삼 자신의 선택이 옳았음을 깨달았다.

"일단은……."

용우는 완벽하게 제압당한 지휘관 개체들을 보며 말했다.

"고문부터 좀 할까?"

"……."

순간 사방에서 못 볼 걸 보는 시선이 쏟아졌다.

유현애가 투덜거렸다.

"아저씨, 지금 꼭 그런 농담을 해야겠어요?"

"농담 아닌데."

"그럼 더 나쁘잖아요."

"하고 싶어서가 아니라 해야 하니까 하려는 거야."

그 말에 동료들의 분위기가 바뀌었다. 용우가 진지하게 말하고 있다는 사실을 알아차린 것이다.

"왜? 이런 잔챙이들 고문하는 게 무슨 의미가 있다고?"

휴고가 이해할 수 없다는 듯 묻자 용우가 대답했다.

"지난번에 백두산에서 잡은 놈들을 고문해 봤는데……."

"아, 그래. 이미 해봤구나. 그래서 뭘 얻었는데?"

"이놈들, 무슨 절대적인 충성심의 화신 같은 건 아니더라고."

"음?"

"군단의 숙원을 위해서라면 내 존재 따위는 얼마든지 희생시킬 수 있다, 나를 지옥으로 떨어뜨리더라도 군단의 적인 네가 원하는 정보는 한 조각도 얻을 수 없으리라! 뭐, 그런 불꽃같은 의지의 소유자들이 아니라고. 고통이나 죽음의 공포를 배제한 게임 감각으로 침략을 하고 있어서 드러나지 않은 것뿐이지."

군단의 언데드들의 정신세계는 지구 인류와 비교할 때 그렇게 큰 차이는 없었다. 용우가 처음 느낀 것처럼 다른 시대, 다른 문화권의 인간 정도의 차이만 있다.

물론 언데드의 특성상 그보다 더 이질적이긴 하지만 그건 디테일의 문제다. 행동 원리 자체는 쉽게 이해 가능한 수준인 것이다.

"그러니까 일단 가르쳐 주는 거지, 고통과 공포를."

그 과정을 거치고 나면 순한 양이 될 것이다. 물론 개중에는 불굴의 정신을 가진 놈이 있을지도 모른다. 하지만 여기 있는 전원이 그런 정신의 소유자일 수가 있을까?

"그래야 일을 시킬 거 아냐?"

"그러니까… 캡틴, 네가 수립한 작전은 애당초 이놈들 고문해서 말 듣게 만드는 게 전제 조건이었던 거야?"

"그렇지. 안 그럼 무슨 수로 원하는 곳에서, 원하는 타이밍에 일이 터지게 만들 건데?"

"음……."

휴고는 납득할 수밖에 없었다.

적을 처죽이라고 하면 한 점의 주저도 없이 그럴 수 있다. 하지만 완벽하게 무력화한 후에 고문하는 건 상당한 거부감이 일었다.

그것은 지극히 정상적인 반응이었고, 용우도 그 사실을 알고 있었다.

"내가 처리할 테니까 다들 물러나 있어. 준비가 끝나면 다시 부를 테니까."

"아니, 같이 지켜보겠어."

"네가 그러면 물러나려고 한 사람들도 물러나기 힘들어질 텐데?"

그 말에 휴고가 움찔하며 동료들을 바라보았다.

용우가 피식 웃었다.

"머리가 있으면 생각 좀 하고 살아라."

"젠장······."

"됐으니까 물러나라, 응?"

용우는 굳이 그들에게 고문이라는 불쾌한 행위를 감당하게 할 생각이 없었다. 이런 건 이미 더럽혀질 대로 더럽혀진 사람이 하면 된다.

결국 휴고는 짜증을 내며 몸을 날렸다. 다른 팀원들도 그 뒤를 따라서 물러나자 용우가 말했다.

"내가 너희들에게 뭘 바라는지부터 알려주지."

쿠웅!

동시에 용우의 아공간이 열리며 거대하고 새카만 도끼가 떨어졌다.

〈열쇠?〉

일곱 아티팩트 중에 하나, 굉음의 도끼였다.

놀라는 지휘관 개체들에게 용우가 말했다.

"너희들이 그토록 찾아 헤매던 것이지. 그리고 이것만이 아니야."

이번에는 영롱한 빛을 발하는, 헤드가 인간의 머리통보다도 두 배는 큰 전투 망치가 떨어졌다.

아티팩트 새벽의 해머였다.

"이걸 줄 테니까 당장 군주들을 강림시켜. 어때, 멋진 제안
이지?"

＊　　　　＊　　　　＊

타락체는 지휘관 개체와는 비교도 안 될 정도로 강력한 존
재들이다.

그럼에도 종말의 군단 입장에서 지휘관 개체는 대단히 유
용한 전투 자원이었다. 어떤 의미에서는 타락체보다 더.

그것은 그들에게만 가능한 일들이 있기 때문이었다.

일단 지휘관 개체는 몬스터를 조종할 수 있다. 고등급 몬
스터는 무리지만 지휘관 개체 하나만으로도 수백의 몬스터를
무리 지어서 특정 지점을 타격하게 만드는 게 가능하다.

그리고 지휘관 개체는 아티팩트를 열쇠로 삼아서 군주를
강림시킬 수 있었다.

"망설일 필요가 있나? 굉음의 군주도, 새벽의 군주도 건재
하지."

용우는 그 둘을 동시에 강림시키라고 요구하고 있었다.

미친 짓이다.

아티팩트를 열쇠로 써서 강림한 군주 개체는 9등급 몬스터

를 초월하는 재앙이다. 그런 존재 둘을 한꺼번에 감당해 내겠단 말인가?

"아, 물론 의심스럽겠지. 이놈이 대체 무슨 꿍꿍이속을 갖고 이러는 걸까? 정말 저 요구를 들어줘도 되는 걸까?"

용우는 빙긋 웃으며 지휘관 개체, 오우거로드에게 다가가서 그 머리를 잡는다.

〈그아아아아악!〉

순간 오우거로드가 비명을 지르며 몸부림쳤다. 신경이 타들어가는 것 같은 격통이 덮쳐 왔기 때문이다.

"하지만 너희는 그런 생각을 할 필요가 없어. 그냥 내가 원하는 걸 해주면 돼."

종말의 군단에 소속된 존재로서의 의무감, 군주를 향한 충성심보다 당장 자신에게 덮쳐 온 지옥 같은 고통으로부터 해방되는 것이 중요함을 깨닫게 해줄 것이다.

"하고 싶어진 놈은 얼른 말해. 알겠지?"

용우는 즐겁게 웃었다.

그리고······.

*　　　　*　　　　*

[시작한다.]

서로 다른 곳에서 몬스터들을 학살하고 있던 팀 섀도우리스의 일원들에게 통신으로 용우의 목소리가 들려왔다.

구구구구구……!

괌의 하늘이 격하게 진동하기 시작한다.

'그때랑 똑같군.'

차준혁은 하늘을 올려다보며 입술을 깨물었다.

70미터급 게이트 내부 필드에서 빙설의 군주 하스라가 강림할 때와 똑같다.

하늘이 뒤흔들리며 한 지점에 시커먼 구멍이 발생한다.

"하……."

그것을 보는 차준혁은 어이없어하며 자신의 손을 바라보았다.

그의 몸이 떨리고 있었다. 다니엘 윤이 죽었던 그날의 공포가 되살아나고 있었기 때문이다.

"…웃기지 마라."

차준혁은 이를 악물었다. 가슴속에서 불같은 분노가 일어나 공포를 떨쳐내었다.

쿠구구구구!

리조트의 폐허에서 거대한 마력이 꿈틀거린다.

어마어마한 기세로 뻗어나가는 그 마력이 비현실적인 현상을 일으켰다. 분명 중력은 그대로인데 폐허의 잔재들이 천천히 허공으로 떠오르는 게 아닌가?

'하스라 때보다 강하다. 훨씬 더……'

용우가 눈을 가늘게 떴다.

눈앞에 강림한 두 군주의 마력은 70미터급 게이트 안에 강림했던 하스라를 훨씬 능가하고 있었다.

군주끼리 딱히 서열이 있지는 않았다고 하니 두 군주가 하스라보다 더 강한 존재라서 그런 것은 아니리라.

'군단의 영적 자원을 투자하면 출력을 더 올릴 수 있었던 건가.'

예전에 광휘의 군주 데바나가 군주 개체로 강림했을 때 그렇게 강화된 모습을 보인 바 있었다. 그런데 아티팩트를 열쇠로 삼아 강림한 경우에도 같은 방법을 쓸 수 있는 모양이다.

'이건 내 예상이 좀 물렀군.'

아무래도 적을 너무 얕본 모양이다. 용우는 지나치게 낙관적이었던 태도를 반성했다.

그때 강림을 완료한 군주들이 입을 열었다.

〈설령 네게 우리가 모르는 의도가 있다고 할지라도…….〉

그것은 지금까지 인류가 관측한 그 어떤 괴물보다도 거대한 마력이다.

세계 각지에 자리 잡은 9등급 몬스터들을 훨씬 능가하는 힘을 가진 존재가 하나도 아니고 둘이나 꽝에 등장했다.

〈네 선택을 후회하게 될 것이다, 군주 사냥꾼.〉

굉음의 군주 소우바의 목소리가 천둥소리처럼 울렸다.

쾅음의 도끼를 코어로 삼은 그의 모습은 허우룽카이를 닮았다. 서양의 드래곤을 형상화한 것 같은 새카만 갑옷이 그를 감싸고 있었다. 차이점이라면 그는 무기를 들지 않았고, 키가 2미터를 넘는 거구라는 것 정도였다.

〈이미 네 수법은 파악되었다.〉

새벽의 해머를 코어로 삼은 새벽의 군주 두라크는 기묘한 모습이었다.

그는 마치 정교하게 세공된 유리 공예품처럼 보인다. 그 안쪽으로부터 물결치는 빛이 흘러나와서 그 실루엣을 밝히고 있었다.

〈강림한 우리를 약화시켜서 제압하고, 매개체로 삼아서 우리의 본체에 도달해 왔겠지. 그것도 이제는 안 통한다.〉

하스라에 이어 볼더까지 당한 지금, 군주들은 자존심에 구애받지 않는다.

그들은 용우가 자신의 본체 앞에 나타나는 순간 대등한 조력자를 부를 것이다. 그러기 위한 연계 시스템을 갖춰두었다.

〈왜 이런 짓을 벌였는지도 알겠구나.〉

"그래? 어디 맞혀보시지."

〈네놈에게 당한 우리가 강림을 피해서 안달이 난 것 아니냐? 이만한 미끼가 아니면 우리는 결코 강림하지 않았을 테니까.〉

새벽의 두라크가 웃었다.

〈하지만 어리석구나. 하나도 아니고 둘을 제압할 수 있다고

생각하느냐? 군주 살해자, 여기가 네 무덤이 될 것이다.〉

"뭘 근거로 확신하지? 그렇게 강림한 너희도 본체만은 못한 데?"

용우는 그 점이 의아해서 고개를 갸웃하며 물었다.

굉음의 소우바와 새벽의 두라크, 그들은 분명 9등급 몬스터조차 훨씬 능가하는 마력을 지녔다. 게다가 무수한 스펠을 보유했으니 실질적인 전투 능력을 비교하면 마력의 차이 이상으로 크나큰 격차가 있다.

그럼에도 그들은 본체에 비해 현격히 약화된 상태다.

그들의 세계로 침입해서 군주의 본체를 둘이나 사냥한 용우를 앞에 두고 이만한 자신감을 보이는 이유는 무엇이란 말인가?

〈허세가 심하구나, 군주 사냥꾼.〉

새벽의 두라크가 웃었다.

〈다른 놈은 몰라도 내 눈을 속이는 건 불가능하다. 왜인지는 모르겠지만 지금의 네놈은 나약하다. 우리가 이 세계에서 제약을 받듯 네놈도 우리 세계에서만 진정한 힘을 펼칠 수 있는 것이겠지.〉

"아하, 그런 건가."

아무래도 새벽의 두라크는 특수한 감지 능력을 가진 모양이다. 용우의 본신 마력을 읽어냈기에 저렇게 자신만만한 것이다.

〈그리고 나머지는 잔챙이들뿐.〉

그사이 팀 섀도우리스가 집결했다.

차준혁, 휴고, 브리짓, 리사, 이미나 모두 변신한 채로 굉음의 소우바와 새벽의 두라크를 포위하고 있었다.

하지만 두 군주는 그들을 위협으로 여기지 않았다.

〈잘됐군. 이 자리에서 모든 열쇠를 손에 넣어주지. 우리 다섯 모두가 강림해서 이 전쟁에 종지부를 찍어주겠다.〉

팀 섀도우리스가 구축한 포위망의 바깥에서 새로운 기척들이 나타나기 시작했다.

〈이런…….〉

유현애가 당혹감을 드러냈다.

속속 텔레포트해서 나타나는 것이 타락체들이었기 때문이다.

휴고가 침을 꿀꺽 삼키며 말했다.

〈벌써 이렇게 많이 침투해 있었나?〉

지구 곳곳에 침투해서 거점을 만들고, 정보 수집을 하고 있던 타락체들이 두 군주의 부름에 응해서 나타났다.

그리고 그 숫자는 18명이나 되었다. 팀 섀도우리스의 두 배가 넘는 숫자다.

새벽의 두라크가 용우를 비웃었다.

〈어떠냐? 아직도 우리를 함정에 빠뜨렸다고 착각하느냐?〉

"생각보다 머릿수가 많긴 하군."

용우가 주변을 슥 둘러보고는 말했다.

이것은 예상 범주 내였다. 게이트 밖에서 군주들을 강림시키는 시점에서, 그들이 지구 곳곳에 침투해 있을 타락체들을 아군으로 불러들일 가능성을 염두에 두지 않을 수 없었다.

"그래도 버틸 수는 있겠지?"

〈버티긴 무슨. 전부 해치울 수 있어!〉

휴고가 강한 척했다.

용우는 피식 웃으며 한 걸음 내디뎠다.

"그 자신감을 믿지. 이제부터는 나도 바빠서 신경 못 써줄 테니까 우는 소리 하지 말고."

〈누가…….〉

"죽지도 마라."

〈…….〉

생각지도 못한 격려에 휴고의 말문이 막혔다.

용우가 칠흑의 양손 대검을 새벽의 두라크에게 겨누며 선언했다.

"어느 쪽이 착각을 하고 있는지 가르쳐 주지."

그리고 한때는 남국의 꿈으로 불렸던 바다 한복판의 섬, 괌을 뒤흔드는 전투가 시작되었다.

Chapter48

누구를 위한 함정인가?

Chapter 8

당뇨를 막는 총공격

1

차준혁은 격분한 목소리를 듣고 있었다.

〈무슨 짓을 하는 거냐! 당장 멈춰! 자기가 무슨 짓을 하고 있는지 알고는 있나!〉

구세록의 히든 채널을 통해서 들려오는 루가루의 목소리였다.

〈하스라를 격퇴했던 것 때문에 기고만장한 것 같은데, 그때와 똑같이는 안 된다! 놈들도 그때처럼 여유를 부리진 않을…….〉

〈이미 늦었다.〉

하늘이 열리고, 군주들이 강림하고 있었다. 저렇게 된 이상

이미 늦었다. 싸워서 이기는 수밖에 없는 것이다.

〈미친놈들…….〉

〈한 가지 부탁하지.〉

〈뭐?〉

무덤덤한 차준혁의 말에 루가루가 당혹감을 느꼈다.

현장에 있는 차준혁은 눈앞에서 부풀어 오르는 거대한 존재감을 직접 마주하고 있을 것이다. 하스라 때를 기준으로 판단했다면, 그 판단이 틀렸다는 사실을 깨달았어야 정상이다.

그럼에도 차준혁은 침착했다.

〈넌 사다모토 아키라에게 연락할 수 있는 것 같으니, 그에게 잘 숨어 있으라고 해라. 혹시라도 새벽의 군주에게 인지되면 문제가 커지니까.〉

〈…….〉

〈바쁘니까 대화는 여기까지 하지.〉

〈잠깐……!〉

루가루가 놀라서 소리쳤지만 차준혁은 일방적으로 텔레파시 통신을 끊어버렸다. 히든 채널을 통한 연락이라고는 하지만 일단 그 채널의 존재를 인식하자 닫아버리는 건 쉬웠다.

'한 가지는 확실해졌군.'

차준혁은 투구 안에서 쓴웃음을 지었다.

'놈은 전지전능한 존재는 아니야.'

서용우가 계획한 이번 일이 루가루 입장에서는 절대로 있을 수 없는 사태였던 것이리라. 차준혁은 그 사실에 묘한 아쉬움을 느꼈다.

'집중할 시간이군.'

차준혁은 상념을 떨쳐 버리고 눈앞의 상황이 집중했다.

두 명의 군주가 강림하고, 그들의 부름을 받은 타락체들이 집결했다.

이제 그동안 쌓아 올린 전력을 시험할 시간이었다.

*   *   *

괌은 제주도의 절반도 안 되는 작은 섬이다.

즉, 9등급 몬스터를 훨씬 능가하는 힘을 지닌 군주 둘과 싸울 전장으로는 너무 좁다.

그럼에도 용우가 이곳을 선택한 이유는 간단했다.

괌이 인류의 거주 지역과 아주 멀리 떨어진, 망망대해 한복판에 존재하고 있기 때문이었다.

'오늘로 괌은 진정한 의미에서 죽음의 땅이 될지도 모르겠군.'

전투는 시작되었다.

흩어지는 팀원들을 타락체들이 추적하면서 맹공을 퍼붓고 있었다. 괌 곳곳에서 폭음이 울려 퍼지고 섬광과 불꽃이 치솟았다.

"내가 하나는 줄여줬다. 열일곱 남았군."

통신에다 대고 말하는 용우의 손에는 상아인 타락체의 머리가 잡혀 있었다.

개전과 동시에 다른 팀원들이 아닌 용우에게 뛰어든 놈이었다. 그런 상황도 예상하고 있었던 용우는 감추고 있던 힘을 폭발시켜서 일격으로 끝장을 내버렸다.

〈그렇군. 믿는 구석이 있었나?〉

새벽의 두라크가 경계심을 보였다.

그가 본 용우의 마력은 몬스터로 치면 6등급에서 7등급 사이에 걸쳐 있는 수준이다. 군단의 타락체 기준으로는 중하위권 정도고 군주인 그의 입장에서 보면 대수로울 것 없었다.

그러나 용우가 타락체를 참살할 때 보인 힘은 그런 수준을 훨씬 뛰어넘는다.

"애써 준비한 게 날아갔잖아, 제길."

용우가 짜증을 냈다. 두 군주가 자신을 얕보고 달려드는 순간에 제대로 한 방 먹여주려고 벼르고 있었는데, 분위기 파악 못 하는 타락체 한 놈 때문에 기회가 날아가 버렸다.

콰직!

용우가 손아귀에 힘을 주자 타락체의 머리통이 터져 나갔다.

우우우우우우!

이렇게 된 이상 기습을 노리는 것은 무의미하다. 용우는 갓

가지 수단으로 감추고 있던 마력을 끌어 올렸다.

순식간에 용우의 마력이 폭등한다. 7등급 몬스터를 넘어서 8등급 몬스터 수준까지.

─워 드레스!

거기에 마력 증폭기가 펼쳐지면서 푸른 섬광이 용우의 전신을 휘감았다. 그러자 9등급 몬스터 수준까지 도달하는 게 아닌가?

그럼에도 군주들은 살짝 놀랄 뿐이었다.

〈과연 기둥을 쓰면 이 정도까진 되는가. 기둥에 형상 변화를 적용할 정도면 관련된 특성도 가졌다는 건데… 제3세계의 인간에게 그런 힘이 있을 리는 없지. 역시 탈출자인가?〉

두라크가 손을 들어 올렸다. 그러자 주변에 무수한 빛의 구체들이 떠오르기 시작했다.

─염동충격탄 동시다발!

100발이 넘는 에너지탄이 일제히 용우를 노리고 쏟아졌다.

쫘과과과과광……!

괌 쉐라톤 라구나의 폐허가 일순간에 초토화되었다.

용우는 허공으로 솟구쳐서 그것을 피했지만 충격파가 그를 두들겨 댄다. 용우는 어쩔 수 없이 블링크로 거리를 벌렸다.

─공허 문지기!

그러나 그 순간, 굉음의 소우바가 펼친 스펠이 용우를 원래의 자리로 끌고 왔다.

쾅!

보이지 않는 충격이 용우를 쳐서 지상으로 내리꽂았다.

콰콰콰콰쾅……!

한 발이 아니다. 연타로 충격이 꽂히면서 용우의 몸이 급가속, 아직 빌딩의 형상을 유지하고 있던 리조트 호텔에 충돌했다.

콰아아아아아앙!

직후 두라크가 발한 스펠이 대폭발을 일으켰다.

리조트 호텔의 폐허를 중심으로 수백 미터가 증발해 버렸다. 폭심지를 중심으로 흙먼지가 솟구치면서 쾀 전체가 진동했다.

〈우리가 연계가 안 될 거라고 생각했느냐?〉

두라크가 돌풍을 일으켜 흙먼지를 걷어내면서 물었다.

"생각했던 것보다 사이가 좋아 보이는데?"

폭심지 한복판에서 용우의 대답이 들려왔다

짧은 교전만으로도 반경 3킬로미터가 초토화되었다. 그런데도 용우는 아직 멀쩡했고, 두 군주도 그 사실을 당연하게 여겼다.

'좀 놀랍긴 하군.'

군주들끼리 연계가 잘되는 것은 의외였다. 예전에는 이놈들도 서로 힘을 합쳐 싸운 경험이 있는 것일까?

그리고 그들의 연계는 확실히 무섭다. 단순히 전술적 합이

맞는 것만이 아니다. 군주의 권능으로 서로를 강화시켜 주니 무서운 시너지효과가 나오고 있었다.

그들 둘의 조합은 1 + 1 = 2 가 아니었다. 최소한 5 이상의 결과를 낸다고 봐야 할 것이다.

〈넌 스스로의 전투 기술에 자신이 있었겠지.〉

두라크가 재차 용우를 향해 맹공을 퍼부었다. 수십 발, 아니, 수백 발의 에너지탄이 사방을 폭격해서 빠져나갈 길을 막고 있었다.

뿐만 아니다.

─잠자는 사자의 명령!

두라크가 권능을 발하자 초당 수십 발씩 쏟아지는 에너지탄들이 기묘한 움직임을 보이기 시작했다.

본래 초음속으로 날아가서 폭발해야 할 에너지탄들이 특정 지점에 도달하면 멈춘 것처럼 느릿느릿해진다. 그리고 용우를 포위하듯이 주변에 계속해서 배치되는 게 아닌가?

─굉음결계!

뿐만 아니다. 울려 퍼지는 폭음을 굉음의 소우바가 제어해서 굉음결계를 구축, 용우의 움직임을 제약하기 시작했다.

〈하스라와 싸웠던 경험으로, 자신의 전투 기술이면 강림한 우리를 상대로 충분히 버틸 수 있다고 생각했을 것이다.〉

자신이 두 군주를 상대로 버티면 동료들이 타락체들을 처리하고 돌아와 줄 것이다. 모두가 힘을 합치면 충분히 두 군주를 당해낼 수 있다.

〈그런 계산이었겠지. 하지만 너는 우리를 너무 얕봤다.〉

두라크가 용우를 비웃으며 손을 들었다. 이미 천 개가 넘는 에너지탄들이 용우를 포위했다. 그가 원하는 순간 일제히 용우를 덮쳐서 폭발할 것이다.

〈그 대가를 몸에 새겨라.〉

그렇게 말할 때였다.

파악!

그들이 있는 공간에 빛의 궤적이 그어지면서, 일순간 공간이 둘로 어긋나는 것 같았다.

〈음?〉

두라크가 경악했다.

그 빛의 궤적이 그의 허공장을 가르고 몸에 상처를 입혔기 때문이다.

〈뭐지?〉

비록 작은 흠집 정도라지만 섬뜩한 일이었다. 그의 허공장을 일격에 뚫었다는 뜻이니까.

"네놈들은 참 하나같이 사교성이 뛰어나군. 부러울 정도야."

용우가 특유의 심드렁한 태도로 말했다.

남들 위에 군림하는 존재이기 때문일까?

군주들은 하나같이 여유가 넘치고, 말하길 좋아하는 성향이 있었다. 용우 입장에서는 참 이해하기 어려운 성향이다.

―끝없는 미궁!

용우의 앞에 공간왜곡장이 출현했다. 한 박자 늦게 용우를 덮친 에너지탄들이 모조리 그 속으로 빨려 들어간다.

―오버 커넥트!

용우는 에너지탄들을 집어삼킨 공간왜곡장을 워프 게이트 속으로 던져 넣었다.

그것을 본 두 군주가 반응했다. 특히 시공간을 다루는 두라크는 타이밍을 빼앗겼으면서도 권능을 발동, 일반적인 가속 스펠로는 도달할 수 없는 초가속으로 아슬아슬한 틈을 찌르는 게 아닌가?

―공허 문지기…….

용우가 기다렸다는 듯 똑같은 스펠을 발했다.

―공허 문지기!

동일한 스펠이 충돌하면서 상쇄되었다.

〈아니?!〉

두라크가 경악했다.

그것은 마치 날아오는 화살을 화살로 맞혀서 떨군 격이다. 용우가 두라크의 수를 완벽하게 읽고 있었기에 가능한 묘기였다.

'이 상황에서 고를 수단이야 뻔하지.'

아무리 두라크라고 해도 이 타이밍에는 더 이상 어쩔 도리가 없었다. 멀찍이 떨어진 곳으로 공간이동된 에너지탄들이

헛되이 폭발했다.

일순간 또 다른 태양이 떠오른 것 같았다.

꽝 동쪽 바다에서 전술핵급의 대폭발이 일어났다. 동쪽에서 발생한 빛이 시야를 하얗게 덧칠했다.

〈잔재주를 부리는구나!〉

두라크가 분노했다. 그가 자신의 권능으로 다시금 초가속 상태에 들어가려고 할 때였다.

투학!

용우가 절묘한 타이밍으로 돌격해 와서 양손 대검을 내려쳤다.

두라크는 그것을 막아내고, 반격하려고 했다.

파아아아아!

꽝 서쪽 해상에서 빛기둥이 솟구쳤다. 날카로운 섬광이 하늘 끝까지 뻗어나가면서 대기가 진동한다.

〈뭐지?〉

소우바가 놀랄 때였다.

남쪽 해상에서도 똑같은 빛이 솟구쳤다.

뿐만 아니다. 대폭발이 잦아들지 않은 동쪽 해상에서도, 그리고 북쪽 해상에서도 마찬가지였다.

동서남북, 사방을 점하며 솟구친 빛기둥이 급속도로 변형한다. 일정 고도에서 휘어지면서 천공의 한 지점에서 이어지는 게 아닌가?

―영원의 장벽!

그리고 그 지점을 중심으로 투명한 힘의 장막이 발생해서 괌 전체를 감쌌다.

〈결계?〉

두라크가 경악했다.

괌은 퍼스트 카타스트로피 이전에는 한 해에 100만 명이 넘는 관광객이 찾아오는 관광지였다. 작다는 것은 국가의 영토 개념으로 볼 때 작다는 것이지, 섬 기준으로는 절대 작은 곳이 아니었다.

그런데 그 괌 전체를 감싸는 결계라니?

〈이 세계에 이런 결계 능력자가 존재한단 말인가?〉

이 정도면 군단에서도 최상급의 실력자다. 각 군주들이 가장 신임하는 실력자, 혹은 최정상급 타락체만이 이런 일을 할 수 있다.

"오래 걸리는군. 기다리느라 힘들었다."

두라크와 힘겨루기를 하고 있던 용우가 한숨 섞인 목소리로 중얼거렸다.

"그럼 이제… 본격적으로 가볼까?"

〈뭐라고?〉

두라크가 흠칫하는 순간, 용우가 발차기로 그를 걷어찼다.

쫘아아앙!

굉음이 울리며 두라크가 튕겨 나갔다.

그리고 용우가 지금까지 쓰던 칠흑의 양손 대검을 뒤로 던져 버렸다.

'무기를 버리다니?'

두 군주가 의아해하는 앞에서 칠흑의 양손 대검이 아공간 속으로 사라지고, 그것을 대신해서 또 다른 양손 대검이 나타나 용우의 손에 쥐어졌다.

손잡이와 중앙부는 암석인지 아니면 금속인지 알아보기 어려운 검은색을 띠고 있었고, 테두리와 칼날 부분은 LED와 비슷한 느낌의 청록색을 발하고 있었다.

성좌의 무기와 군주 코어의 융합체, 트리니티였다.

〈저건……?〉

〈기둥? 아니, 뭔가 다르다.〉

두 군주가 당황했다.

용우가 조금 전까지 쓰던 칠흑의 양손 대검은 대량의 마력석을 투입해서 만든 성좌의 무기 모조품이었다. 정보세계에서 군주들은 물론이고 라지알까지 속여 넘겼던 퀄리티의 모조품을 또 만들었던 것이다.

모든 것은 미리 세팅해 둔 결계가 발동할 때까지 두 군주를 속여 넘기기 위해서였다.

'별것 아닌 놈이다. 우리 둘이 연계하면 압살할 수 있다.'

'놈의 동료들도 마찬가지다. 지구에 투입시킨 타락체들을 불

러들이면 깨끗하게 처리할 수 있다.'

그렇게 생각하게 만든 것은, 군주들이 언제든지 빙의를 풀고 달아날 수 있기 때문이다. 아무리 용우가 강해졌어도 그들을 지휘관 개체처럼 쉽게 붙잡아놓을 수는 없었다.

"이제는 도망 못 친다."

꽘을 감싼 결계―영원의 장벽은 군주들의 정신체를 그 안에 붙잡아놓는 역할을 한다. 결계가 유지되는 한 군주들은 꽘 밖으로 나갈 수도, 빙의를 해제하고 이탈할 수도 없다.

"이해할 수가 없겠지. 지금은 그럴 거야."

이 시점에서 두 군주는 용우의 의도를 알 수 없을 것이다.

"하지만 곧 이해하게 될 거야. 너희들이 원하지 않더라도 말이지."

2

지금까지 종말의 군단이 지구에서 수집한 정보는 늘 정확도가 떨어지고, 낡아빠졌다.

구세록의 계약으로 인해 규칙을 강요받게 된 침략 전쟁, 그 시나리오를 구성하는 총 12단계 중에 7단계에 속하는 이 시점에서는 그럴 수밖에 없었다. 그렇기에 그들은 지금까지 수집한 영적 자원을 대거 투입해 가면서 거점을 만들기 시작한 것이다.

하지만 그들은 서용우에 대해서 잘 모른다.

그것은 지금까지 서용우가 그들이 자신의 실체를 파악하지 못하도록 늘 신경을 쓴 결과이기도 했다.

타락체 이비연을 쓰러뜨릴 때만 해도 용우는 관측자들을 처리하고 나서야 전력을 발휘했다. 자신의 정보가 적들에게 넘어가지 않는다는 확신이 서지 않으면 조금이라도 전력을 숨겼다.

그렇기에 군단이 가진 용우에 대한 정보는 구멍투성이에, 왜곡되어 있었다.

그들은 용우가 성좌의 무기를 보유했다는 사실은 알았다. 하지만 성좌의 무기 3개를 융합시켜서 트리니티를 만들어낸 것은 상상조차 못 하고 있었다.

우우우우우우!

용우의 마력이 해일처럼 주변을 휩쓸었다.

폐허의 파편들이 허공으로 솟구치고 숨도 쉴 수 없는 압력이 주변을 짓누른다. 군주들이 죽 발하고 있던 텔레파시 공격이 깨끗하게 쓸려 나갔다.

〈말도 안 돼. 저런 게 존재할 리가…….〉

두라크가 아연해졌다.

〈기둥을 융합시키다니, 그런 일이 가능했단 말인가?〉

그것은 그들이 아는 이 전쟁의 규칙 안에서는 절대 불가능한 일이었다.

하지만 지금 그 증거가 눈앞에 있다.

'우리를 능가하는 마력이라니.'

둘을 합친 것 이상은 아니다. 하지만 분명 하나하나와 비교하면 용우 쪽이 더 강하다.

'철저하게 속았군.'

그 사실을 깨달은 군주들은 의구심을 느꼈다.

'하지만 왜?'

용우가 뭘 노리고 있는지 모르겠다.

'이런다 한들 대체 무슨 의미가 있단 말인가?'

군주들을 도망치지 못하게 잡아놓는다 해도 그것은 이 빙의체가 파괴당하기 전까지만 가능한 일이다. 빙의체가 파괴되는 순간 군주의 정신체는 본신으로 귀환하게 되고, 그걸 막을 수 있는 방법은……

〈설마 우리를 봉인할 생각인가?〉

그것 말고는 달리 떠오르는 방법이 없었다.

"지금의 나라면 그것도 가능할지도 모르겠군."

그 말에 용우가 피식 웃었다.

볼더를 죽일 때와 비교해도 용우는 훨씬 더 강해졌다. 트리니티의 힘이라면 군주를 봉인하는 게 가능할지도 모른다.

〈그런 속셈이었느냐. 잘 만든 함정임은 인정하마.〉

〈하지만 우리를 무력화하는 게 쉬우리라 생각하지 마라.〉

두 군주의 전의가 타올랐다. 함정에 빠졌어도 그들은 절망감을 느끼지 않았다.

그들이 용우의 속셈을 꿰뚫어 보지 못했듯 용우 역시 그들의 전력을 완전히 파악하지 못했다. 용우를 상대로 완전 승리를 거두는 것은 어려울지 몰라도 이 함정에서 빠져나가는 것은 충분히 가능한 일이다.

"글쎄, 어떨까?"

용우가 씩 웃는 순간, 대규모 스펠이 연달아 발동하기 시작했다.

─프리징 필드!

순백의 충격이 주변을 휩쓸었다.

일순간에 반경 1킬로미터 안에 있는 모든 것이 얼음덩어리로 변해 버렸다. 그리고 그 위로 칼날처럼 날카로운 바람이 소용돌이치기 시작했다.

─염동빙결탄(念動氷結彈) 동시다발(同時多發)!

극저온의 한기가 농축된 에너지탄 수십 발이 극초음속으로 쏟아져 나갔다.

─얼음꽃!

한 발, 한 발이 소형 전술핵에 필적하는 빙결 폭탄이 주변을 폭격했다.

─얼음정령의 춤!

그 한기 속에서 태어난, 아름다운 얼음 조각상 같은 존재들

수천 개체가 눈송이처럼 어지러운 궤도를 그리며 두 군주에게 날아들었다.

〈공허의 영역인가?!〉

아무리 마력이 강해도 집중해서 마력을 가공하는 과정도 없이 대규모 스펠을 이만큼이나 한꺼번에 쏟아낼 수는 없다.

두라크는 곧바로 용우가 공허의 영역에 스펠을 저장해 두었다가 해방시켰음을 알아차렸다.

하지만 알아차린다 한들 이 압도적인 물량 공세 앞에서는 답이 없다. 사방에서 해일이 휘몰아치는 격 아닌가?

〈두라크!〉

〈등을 맡기지, 소우바!〉

소우바가 등을 맞대고 붙자 두라크가 양손을 합장했다.

―천지를 가르는 빛!

군주의 권능이 발동했다.

성좌의 무기 새벽의 해머에 비장되었던 것과 같은 힘이다. 일순간 주변이 캄캄해지면서 모든 것이 정지했다.

그리고 그 한복판을 가르듯이 날카로운 빛살이 뻗어나간다.

마치 산 저편에서 어스름을 찢으며 새벽을 알리는 햇살처럼.

콰아아아아아!

한순간 정지했던 공간의 시간이 다시 흐르면서, 그들을 덮치던 해일 같은 공세가 둘로 갈라진다.

그리고 그 틈으로 두 군주가 상승했다.

—빙결폭(氷結爆)!

그러나 용우는 이미 하늘로 날아오르는 그들의 위를 점하고 있었다.

극저온의 섬광이 그들의 허공장을 강타, 순식간에 거대한 얼음이 형성되고…….

—천지역전(天地逆轉)!

용우를 중심으로 반경 50미터의 중력이 거꾸로 뒤집어졌다.

위로 상승하던 두 군주는 전속력으로 대지로 처박히는 꼴이 되었다.

〈이런, 제기랄!〉

그러나 군주들도 호락호락하지 않았다. 새벽의 두라크는 공간을 왜곡해서 충돌을 회피했다.

—용의 포효!

소우바가 물 흐르듯이 자연스럽게 공격을 가했다.

그러자 용우를 향해 집중된 폭음이 터져 나갔다.

어마어마한 폭음이었다. 앞에 있는 모든 것을 분쇄해 버릴 만한 음파 공격!

"큭……!"

계속 공격을 가하려던 용우가 주춤했다.

소우바가 연달아 공격을 가했다.

〈오라! 굉음의 마수여!〉

그러자 사방에서 폭음이 울려 퍼지면서 진동파가 용우를 덮쳤다. 동시에 정련된 텔레파시 칼날이 용우의 정신을 노리고 날아든다.

두라크 역시 놀고 있지 않았다.

〈공허의 영역은 네놈만의 것이 아니지.〉

새벽의 군주 두라크는 화력 면에서는 다른 군주들보다 뒤떨어진다. 대신 시공간을 다루는 권능은 전투에서 반칙적인 효과를 발휘했다.

─찰나의 문!

정신을 초가속 상태로 만들고, 찰나지간에 공허의 영역에 수많은 대규모 스펠들을 저장하는 것은 용우만이 가능한 일이 아니다.

두라크 역시 동일한 기술을 쓸 수 있었다. 그는 찰나지간에 그 작업을 끝내고, 용우를 향해 공격을 해방했다.

〈죽어라.〉

무수한 스펠들이 일거에 용우를 향해 쏟아지는 순간이었다.

"정말이지, 어느 놈이나 수준이 똑같군."

용우가 차갑게 웃었다.

〈무슨……?〉

소우바가 경악했다.

막대한 공격을 쏟아낸 두라크의 상반신이 산산조각 나서 흩어지고 있었다.

〈저격이라고? 이런 말도 안 되는…….〉

아득한 천공에서 날아든 섬광 한 줄기가 두라크를 관통했기 때문이다.

유성의 화살.

에너지탄 사격계 스펠의 정점이라고 할 수 있는 그 일격이 두라크를 꿰뚫었다.

콰과과과과과……!

하지만 소우바는 저격자를 포착할 수 없었다.

두라크가 일거에 쏟아낸 대규모 스펠들이 연쇄 폭발을 일으켰으니까.

〈큭……!〉

소우바는 그 폭발로부터 두라크를 감싸느라 용우를 추격하지 못했다.

그리고 그 한순간은 치명적으로 작용했다. 텔레포트로 간단히 폭심지를 벗어난 용우가 폭발을 뚫고 돌진했기 때문이다.

〈이놈!〉

다급해진 소우바가 용우와 충돌했다.

*   *   *

괌의 하늘, 고도 17킬로미터 지점.

이비연은 성층권에서 지구를 내려다보며 말했다.

"이 한 발로 4억 달러라니……."

그녀는 서용우처럼 M슈트를 입고, 얼굴이 보이지 않는 헬멧을 쓰고 있었다.

그런 그녀의 몸을 특수 소재로 제작된 강화 외골격이 감싸고 있다. 그 너머에는 커다란 원통형 금속 구조물 2개가 붙어 있고, 거기서부터 좌우 양쪽으로 4미터에 달하는 날개가 뻗어나가 있었다.

한국 게이트 재해 연구소의 걸작, 윙 슈트였다.

대량생산이 불가능한 윙 슈트는 현재 전 세계를 통틀어도 채 16기밖에 없었다. 대당 단가는 4억 달러를 넘는다.

파직, 파지지직…….

그런데 그중 한 대가 망가졌다.

윙 슈트에 달린, 35㎜ 포탄을 쏘기 위한 3.5미터짜리 포신이 박살 나면서 본체까지 엉망진창으로 파손되고 말았다.

이비연이 최대 출력으로 저격을 날린 반동을 감당하지 못한 것이다.

예전에 용우가 망가뜨렸던 일 때문에 좀 더 내구성을 보강하긴 했지만 그것도 한계가 있었다. 다른 사람도 아니고 이비연이 듀얼 부스트 시스템까지 써가면서 마력을 증폭시켜 일격을 날렸는데 버텨낼 수 있을 리가 없었다.

하지만 누구나 인정할 것이다.

방금 전의 일격에는 분명 4억 달러 이상의 가치가 있었다.

'설마 이 거리에서 정밀한 저격이 가능할 줄이야. 이런 측면으로는 또 엄청 대단하네, 21세기.'

이 일격은 치밀하게 계산된 함정의 일부였다.

용우는 작전을 준비하는 과정에서 군주들의 인지 거리 한계치가 어느 정도 될지 가늠하는 작업을 거쳤다. 그리고 이비연조차 인지할 수 없다고 확신하는 거리에서의 저격을 시도했다.

그것은 지구이기에 가능한 저격이었다.

아무리 이비연의 마력이 강대하다고 해도, 그리고 마력 컨트롤 기술이 뛰어나다 해도 그것만으로는 성층권에서 17킬로미터 저편의 지상을 저격하는 것은 불가능했다. 심지어 적은 가만히 있는 것도 아니고 초고속으로 움직이며 격렬한 전투를 벌이고 있는 상황이 아닌가?

하지만 용우와 이비연에게는 그것을 가능케 할 요소들이 있었다.

이비연은 텔레파시로 용우의 감각을 공유해서 타이밍을 포착했다.

미국의 인공위성들과 고고도 정찰기의 관측 데이터, 그리고 당장 현장에서 싸우고 있는 용우의 전술 시스템이 윙 슈트와 연계되어서 저격을 서포트했다.

수만 분의 1초 단위를 포착해 내는, 인간의 한계를 아득히 초월한 정확성.

결정적인 것은 이비연 본인의 능력이었다.

원거리 사격계 스펠 중에서 최고의 탄속과 위력을 자랑하는 스펠, 유성의 화살.

듀얼 부스트 시스템으로 증폭된 이비연의 마력으로 발사되고, 사냥꾼의 축복 12연쇄로 초가속된 그 스펠의 탄속은 초속 10만 킬로미터에 도달했다.

17킬로미터 저편의 표적을 꿰뚫으면서도 시간 차가 없는 것이나 다름없는 수준이었던 것이다.

"그럼……."

이비연은 엉망진창으로 망가진 윙 슈트를 아공간에다 집어넣었다.

"가볼까?"

그녀는 아무런 주저 없이 지상을 향해 몸을 던졌다.

물론 낙하의 부유감이 그녀를 휘감은 것은 찰나의 일이었다. 텔레포트가 발동하면서 이비연의 몸이 지상에 내려섰다.

"새로운 녀석인가?"

이비연이 텔레포트한 지점은 용우와 군주들이 싸우고 있는 지점이 아니었다.

꽤 각지로 흩어진 팀 섀도우리스와 싸우고 있는 타락체들 앞이었다.

"후훗."

처음 조우한 상아인 타락체는 이비연을 알아보지 못했다. 이비연은 M슈트를 입고, 용우처럼 얼굴이 보이지 않는 헬멧을 썼기 때문이었다.

콰직!

그렇기에 상아인 타락체는 이비연의 무서움을 짐작하지 못했다.

유유히 다가간 이비연의 일격이 그의 심장을 꿰뚫었다.

"이, 이런……?"

이비연이 헬멧 속에서 하얗게 웃었다.

—에너지 드레인!

상아인의 마력이 이비연에게 빨려 들어오면서, 그 몸이 미라처럼 바짝 말라비틀어졌다.

*　　　　*　　　　*

용우는 두 군주를 거침없이 밀어붙이고 있었다.

〈으윽······!〉

소우바가 신음했다.

이비연의 저격으로 두라크는 큰 타격을 입었다. 코어 역할을 하는 아티팩트가 부서지면서 마력이 누출되고 있었다.

인간으로 치면 중상자나 다름없는 상태다. 두라크의 전력이 크게 저하되자 소우바는 용우의 공격을 방어하는 데 급급했다.

〈이런······.〉

그런 소우바는 절망적인 정보를 포착했다.

'또 하나가 당했다. 이렇게 빨리 당하다니······.'

조금 전까지만 해도 타락체들은 팀 섀도우리스를 압도하고 있었다.

개개인의 기량만 해도 팀 섀도우리스의 일원들과 동급 혹은 그 이상인 자들이다. 그런데 두 배가 넘는 머릿수를 자랑하니 팀 섀도우리스는 도망 다니면서 버티는 것밖에 할 수 있는 일이 없었다.

그런데 이변이 발생했다.

'그 저격자다.'

두라크를 저격한 누군가가 전장에 난입하자 순식간에 전황이 뒤집히고 있었다.

"와, 디자인 멋지네. 본체보다 훨씬 나은걸?"

그리고 저격자, 이비연은 순식간에 타락체 다섯을 처리한

다음 용우와 군주들의 전장에 나타났다.

그녀와 마주한 소우바는 경악했다. 감각을 엄습하는 마력 파동이 익숙했기 때문이다.

〈설마…….〉

있을 수 없는 가능성을 떠올리는 그의 앞에서 이비연이 헬멧을 벗었다.

땀에 젖은 검은 단발머리가 흘러내린다. 더 이상 붉은색을 띠지 않은 이비연의 눈동자가 소우바를 향했다.

"내 목소리를 듣는 건 처음이지, 굉음의 군주님?"

이비연이 환하게 웃었다.

3

이비연을 본 순간, 소우바는 한 가지 의문을 풀 수 있었다.

'이 결계는 벙어리 공주의 작품이었군.'

타락체일 때도 이비연은 군단에서 한 손에 꼽을 정도의 결계 전문가였다. 그녀가 꼼을 감싸는 결계—영원의 장벽을 구축했다면 이 놀라운 퀄리티도 납득이 간다.

하지만 진짜 중요한 의문은 풀리지 않았다.

〈말도 안 돼…….〉

분명히 눈앞에 증거가 존재하고 있는데도 믿을 수가 없었다.

〈타락체를 원래대로 되돌린다고? 있을 수 없다……! 타락체의 비술이 깨질 리가 없어!)

위대한 권능을 사역했던 제1세계의 초월권족도, 무식하지만 강력했던 제2세계의 신성한 돌도 타락체의 비술만큼은 어쩌지 못했다. 일단 비술에 걸리면 타락체가 되기 전에 죽여 버리는 것만이 그 영혼을 구할 수 있는 유일한 방법이었다.

"응. 나도 그런 줄 알았어. 그런데 아니더라?"

이비연이 이를 드러내며 웃었다.

그녀의 눈에 기광이 번뜩이며 마력이 끓어올랐다.

―워 드레스!

마력 증폭기가 전개되자 푸른 섬광이 그녀의 몸을 휘감았다.

'M―링크 시스템 가동!'

이비연의 본신 마력은 9등급 몬스터 수준이다. 그런 그녀가 마력 증폭기를 전개하고, M슈트의 증폭 시스템을 발동시킨 결과는 어마어마했다. 지금의 소우바를 압도하는 수준의 마력이 휘몰아쳤다.

용우 역시 M―링크 시스템을 발동했다.

"3분이면 충분하겠지."

M―링크 시스템의 유지 시간이다.

용우도, 이비연도 소우바를 압도하는 마력을 자랑하고 있었다. 3분이면 승부를 내고도 남는다.

"그럼 끝내자."

"응."

소우바는 악몽을 꾸는 기분이었다.

눈앞의 현실을 믿을 수가 없다. 하나부터 열까지 말도 안 되는 충격으로 가득했다.

쾅!

빛 그 자체로 화한 트리니티의 칼날이 그의 팔을 가르고 지나갔다.

꽈광!

그가 펼친 굉음결계를 종잇장처럼 찢어버리며 돌격해 온 이비연의 일격이 몸통을 파괴했다.

'아니, 아직은 아니다.'

승산은 절망적이다. 타락체들의 지원조차 기대할 수 없다.

남은 방법은 하나뿐이었다.

자폭으로 이 몸을 버리고 빠져나간다.

"어머."

이비연이 재미있다는 듯 웃었다.

"그게 가능할 것 같았어?"

하지만 그 시도는 실패했다.

소우바가 자폭하려는 순간, 그의 코어 역할을 하는 아티팩 트 굉음의 도끼가 꿈틀거리면서 그 시도를 차단했기 때문이 다.

〈아티팩트에 수작을 부려놨단 말이냐?〉

소우바가 신음했다. 이비연이 곰을 감싸는 형태로 펼친 결계, 영원의 장벽이 아티팩트와 연동되어 있었던 것이다.

쾅!

그렇게 허점을 드러낸 소우바에게 이비연의 발차기가 꽂혔다.

"역시 군주님은 여유가 넘치셔. 나 정도는 한눈팔면서도 상대할 수 있다는 뜻이지?"

그들의 공방은 인간의 눈으로는 따라갈 수 없는 초고속으로 이루어진다. 소우바가 자폭을 시도하다가 주춤한 시간은 2초.

치명적인 빈틈을 드러낸 그 시간 동안 이비연은 그의 몸통을 발차기로 부수고.

콰쾅!

하단 돌려차기로 두 다리를 통째로 끊어버렸으며.

─노이즈 버스트!

극초음속의 7연속 접촉 타격으로 소우바의 마력에 노이즈를 발생시키는 쐐기를 박아 넣었고.

─죄인의 자리!

움직임과 마력 컨트롤을 둔화시키는 강력한 저주를 걸었다.

"어때, 군주님?"

주변에서 발생한 투명한 빛의 사슬 수십 개가 소우바를 휘

감는다. 그 앞에서 물 흐르듯이 몸을 회전시킨 이비연이 내리
찍기로 소우바를 쳐서 땅에 처박았다.

쫘아아앙!

폭음이 울리면서 대지가 원형으로 터져 나갔다.

"이제 너희들이 아무 생각 없이 싸지르고 다닌 절망이 얼마
나 무거운 것이었는지 이해할 것 같아?"

그를 붙잡은 이비연의 아공간이 열리면서 마력석들이 쏟아
지기 시작했다.

후두두둑…….

그리고 그 마력석들이 일제히 빛 그 자체로 화하면서 이비
연의 스펠이 발동했다.

〈크윽, 보, 봉인인가……!〉

소우바가 동요했다.

얼마 전까지만 해도 불멸성을 가졌다고 믿었던 그들이지만,
그때도 봉인만은 두려워하지 않을 수 없다.

어지간해서는 그들처럼 강대한 존재를 봉인하는 것은 불가
능하다. 하지만 지금은 실패할 거라고 낙관하기에는 상황이
너무나 최악이었다.

"아니."

그러나 이비연은 그의 두려움을 부정했다.

"이렇게까지 공들여서 준비했는데 그렇게 말랑말랑한 방법
으로 끝낼 생각은 없어. 안 그래, 오빠?"

"물론이지."

이비연이 소우바를 제압하는 동안 용우도 두라크를 제압했다.

아티팩트가 부서져서 마력 불안정에 시달리고 있는 두라크가 이비연을 보며 물었다.

〈설마 그때부터였나?〉

"뭐가?"

〈열쇠 회수에 실패했을 때부터… 이미 원래대로 돌아온 거였나?〉

두라크는 타이베이 게이트 브레이크 당시 이비연이 아티팩트 회수에 실패한 것을 의아하게 생각했었다. 당시에 주어진 활동 한계를 고려하더라도 그녀의 능력이라면 해내고도 남을 것이라 여겼기 때문이다.

이제 와서 생각하면 이비연은 그때 이미 원래의 자아를 되찾은 게 아니었을까?

그런 의문을 떠올린 것이다.

"글쎄?"

이비연은 두라크의 의문을 풀어주지 않았다.

상대가 곧 죽을 놈이라고 해도, 그리고 그가 원하는 답이 아무런 가치 없는 정보라고 해도 원하는 것을 주지 않는다.

그 또한 상대에 대한 복수의 일부가 될 수 있었다.

"그런 것보다는 너희들이 이제부터 무슨 꼴을 당할지를 궁

금해해야 하지 않을까?"

용우는 비아냥거리면서 아공간에서 뭔가를 꺼냈다.

〈그건⋯⋯.〉

투명한 소재로 이루어진 창이었다. 이비연을 구할 때도 가
장 중요한 역할을 담당했던 볼더의 창이다.

푸욱.

용우는 군주들이 떠들기를 기다리지 않았다. 볼더의 창을
두라크에게 꽂았다.

후두두두둑⋯⋯.

용우의 아공간에서 마력석들이 일제히 쏟아져 내리기 시작
했다.

"정말이지 지출이 막대하군. 이번에도 또 적자야."

미국으로부터 3톤의 마력석을 대가로 받기로 했다. 엄청난
양이다. 하지만 꼼에 결계를 치고, 두 군주를 끝장내기 위해
퍼붓는 마력석의 양은 그 이상이었다.

우우우우우!

용우에 의해 연소된 마력석이 트리니티와 공명한다.

그 마력은 상상을 초월하는 수준이었다. 지금쯤 미군은 관
측 장비가 전부 고장 나지 않았나 의심하고 있을 것이다.

─몽환포영(夢幻泡影)!

그 거대한 힘으로 용우가 일시적으로 정보세계를 구현했
다.

구현자가 의도한 법칙을 강제하는 정보세계가 구현되면서, 두라크의 몸에 꽂힌 볼더의 창이 빛을 토해내었다.

〈크아아아아악!〉

두라크가 비명을 질렀다.

상상도 못 한 고통이 그를 사로잡고 있었다. 거인이 그의 머리통을 붙잡고 천천히 몸에서 뽑아내는 것 같은 격통이다.

〈이, 이럴 수는 없어!〉

군주는 그야말로 신화적인 권능을 가진 존재. 그들의 인지능력은 인류가 상상도 못 할 곳까지 닿아 있다.

그렇기에 두라크는 지금 일어나고 있는 일이 무엇인지 알았다. 알아차리고 말았다.

〈계약이 이런 것을 허용할 리가⋯⋯!〉

"계약 당사자들끼리야 그렇겠지."

용우가 냉소했다.

"그런데 난 그 계약의 바깥에 있는 사람이거든. 너희들끼리 주고받은 계약서에 무슨 내용이 써 있든 나한테는 구속력을 발휘하지 못해."

〈기둥을 쓰는 자가, 그런 말을 지껄이느냐!〉

"너희들은 강탈한 전리품을 쓰면서 원래 주인이 맺은 계약을 이행할 걸 걱정하냐?"

괌의 하늘이 진동하는 가운데, 주변의 풍경이 녹아내리는 것 같은 혼돈으로 변해간다.

몽환포영의 힘이 계속해서 확장되면서 벌어지는 사태였다. 트리니티의 힘에 5톤이 넘는 마력석을 연소시켜 얻은 마력, 그리고 사전에 준비해 둔 이비연의 결계와의 연동까지 더해지자 그 결과는 끔찍할 정도였다.

쾀 전체가 몽환포영의 영향권에 들어왔다. 쾀을 감싼 결계 안쪽은 모두 용우가 원하는 법칙이 강제되는 정보세계로 화한 것이다.

그야말로 용우를 위한 성역(聖域)이었다.

"모두들, 이제는 좀 더 싸우기 편할 거야."

용우가 팀원들에게 말했다.

〈엥? 뭐야, 이거?〉

유현애가 황당해하며 중얼거렸다.

그녀는 이미나와 팀플레이로 타락체들을 견제하고 있었다. 그런데 문득 그녀에게 이상한 예감이 찾아들었다.

'저길 쏘면 좋을 것 같은데?'

지금 교전 중인 적을 견제하는 데는 전혀 도움이 안 되는 포인트다.

그런데도 왠지 그래야만 할 것 같은 기분이 든다. 유현애는 한번 그 기분의 실체를 시험해 보았다.

그리고 그녀가 마력을 최대 출력으로 전개하며 방아쇠를 당기는 순간, 그 사선(射線)에 타락체 하나가 출연하더니 등을 정통으로 맞아버렸다.

〈이거 혹시 예지 같은 거예요?〉

차준혁의 공격을 피해서 급히 블링크로 회피한 타락체가 정확히 그 타이밍에, 그 지점에 나타난 것이다.

〈하나 더 처리했다. 남은 건 열 놈이군.〉

그렇게 유현애의 저격에 맞고 추락한 타락체를 차준혁이 처리했다.

그런 일이 전장 곳곳에서 발생하고 있었다.

〈이건 또 뭐야?〉

휴고가 아연해하며 중얼거렸다.

바로 직전까지도 그들은 타락체들과 격전을 벌이고 있었다.

이비연이 난입해서 다섯을 치워주긴 했지만 그래도 쉬운 싸움이 아니었다. 여전히 적의 수는 그들의 두 배가 넘었고, 하나하나의 역량도 뛰어났으니까.

지금까지 그들이 해낸 것이라고는 휴고와 차준혁이 각각 타락체 하나씩을 처치한 것뿐이었다.

그런데 용우가 몽환포영을 펼치자 상황이 어이없이 흘러간다.

몽환포영의 영향권에서는 통제할 수 없는 혼돈, 확률적인 문제가 무조건 용우에게 유리하게 적용된다. 주사위를 백 번 던져서 백 번 다 원하는 숫자만 나오는 것도 가능하다.

그런 영역이 광범위하게 구축되자 용우 본인만이 아니라 아군에게도 같은 효과가 적용되었다.

전투 중에 발생하는 크고 작은 우연이 전부 아군에게 유리한 쪽으로 작용한다.

그리고 아군 전원이 예지에 가까운 힘을 발휘하기 시작했다. 정확히는 몽환포영의 영역 안에서 일어나는 일들이 그들에게 예감이라는 형태로 공유되는 것이다.

이렇게 되자 차준혁, 휴고, 브리짓, 유현애, 이미나, 리사 6명의 연계가 현실적으로 불가능한 수준의 효율을 내기 시작했다.

"자, 기뻐해라."

용우는 두라크에게 말했다.

"너희들의 소원이 이뤄지는 순간이니까."

정보세계에 존재하는 군주의 본체, 그곳에 존재하는 영혼이 뿌리째 뽑혀서 지구로 끌려 내려오고 있었다.

*　　　　*　　　　*

치지직… 치지지지직……!

격렬한 노이즈가 시야를 가리고 있었다.

구세록의 힘으로 꽘을 관측하고 있던 루가루에게 벌어지는 일이었다.

"으, 으윽."

루가루는 감각과 사고에 노이즈가 발생하는 것을 느끼며 신음했다.

"이건 대체 무슨……?"

이해할 수 없는 사태였다.

구세록의 관측 능력은 탁월했다. 서용우도 혀를 내두를 정도였다.

지구상의 모든 곳은 물론이고 게이트 안까지 엿볼 수 있으며, 관측자의 시선을 전혀 들키지 않는 완벽한 관측 능력.

지금까지 그 능력이 통용되지 않은 적은 한 번도 없었다. 당연히 사용자들의 신뢰도는 절대적이었다.

그런데 그 믿음이 깨지고 있었다.

더 이상 관측이 되지 않는다. 뿐만 아니라 관측 정보를 망가뜨리는 노이즈가 관측자인 루가루의 감각까지 오염시키는 게 아닌가?

루가루가 관측을 멈추려고 하는 순간이었다.

누군가 바로 앞에서 그를 빤히 보고 있는 느낌이 들었다.

"헉!"

루가루는 깜짝 놀라서 헛숨을 토하며 뒤로 물러났다.

하지만 그의 앞에는 아무도 없었다.

'뭐지?'

착각이었을까? 루가루는 주변을 둘러보았지만 아무도 없었다.

루가루는 자신의 손을 바라보았다. 그가 차지한 소년의 몸,

타카야마 준이치의 손이 식은땀으로 축축하게 젖어 있었다.

"무슨 일이… 일어나고 있는 거지?"

가슴속에서 불길한 예감이 스멀스멀 기어 올라오기 시작했다.

4

종말의 군단은 갈망했다. 다른 존재의 몸을 빌리는 것이 아니라 직접 물질세계에 발 디딜 수 있기를.

구세록에 예비된 문, 지구 인류가 각성자 튜토리얼이라 부르는 현상이 한 번 일어날 때마다 그들에게 가해지는 제약이 약해진다. 하지만 마지막 문이 열린다 해도 군주가 본신으로 물질세계로 향하는 것은 불가능하다.

그 일을 가능케 하는 것은 단 하나, 군주가 자신에게 대응하는 성좌의 무기를 손에 넣었을 때뿐이다.

하지만 용우는 그들이 당연하다고 믿었던 법칙을 깨부수고, 그들의 갈망을 이루어주고 있었다.

〈아아아아아악!〉

아득한 세월 동안 갈구하던 소망이 이루어지는 순간, 두라크는 비명을 지르고 있었다.

기쁨도, 환희도 없다.

그의 마음에는 절망과 공포만이 가득 차오르고 있었다.

〈이, 이럴 수는 없어……!〉

정보세계의 본체에서 뿌리째 뽑혀 나온 영혼이 강제로 지구로 끌려 내려온다.

이미 그 영혼을 담을 그릇도 준비되어 있었다. 용우에게 완벽하게 제압당한 그릇이!

뿐만 아니다.

'힘이……'

영혼이 지구로 강림한다고 해서 본신의 힘 그대로를 구현할 수 있는 게 아니다.

영혼을 잃은 본신은 텅 빈 그릇으로서 정보세계에 남겨졌다. 그리고 영혼만이 본신과는 비교도 안 될 정도로 허약한, 그것도 만신창이가 된 채로 적에게 제압당한 그릇으로 끌려온 것이다.

"성공했군."

용우가 두라크를 보며 웃었다.

조금 전까지만 해도 두라크는 다 죽어가는 상태였다. 하지만 영혼을 끌고 오자 만신창이가 된 그의 마력이 차오른다.

부서진 아티팩트를 대신해서 진짜 코어가 그의 존재를 받쳐주고 있었기 때문이다. 이제는 아무런 매개체 없이도 이 세계에 존재할 수 있게 되었다.

그러나…….

콰직!

그래 봤자 본신에 비하면 너무나 미약한 힘에 불과하다. 그가 꿈틀거리는 순간, 용우가 트리니티를 휘둘러서 그의 머리통을 정수리부터 둘로 쪼개 버렸다.

"자, 그럼 이제 마무리다."

용우가 즐거워하며 또 다른 스펠을 펼쳤다.

─필멸자(必滅者)의 세계!

그러자 용우를 중심으로 주변 반경 10미터가 흐릿해졌다.

모든 것이 열화된 것 같은 세계 속에서 두라크는 낯선 공포를 느꼈다.

'죽는다고? 내가?'

그것은 자신과는 영원히 관계가 없으리라 생각한 죽음의 공포였다.

'그럴 리가 없어! 그럴 리가……!'

두라크는 필사적으로 몸부림쳤다.

자신은 불멸의 존재다. 눈앞의 인간과는 비교도 안 되는 장구한 세월 동안 존재해 왔고, 셀 수 없을 정도로 많은 존재를 굴복시키며 군림해 왔다.

언젠가 이 거대한 전쟁에서 승리하고, 모든 세계의 왕이 되어 영원한 영광을 누릴 운명을 가진 왕위 계승권자가 바로 자신이다.

〈나는… 죽지 않는다!〉

"아직도 현실 파악이 안 되나?"

〈하루살이 같은 필멸자가 내게 죽음을 선사한다고? 나는 왕이 될 운명을 가진 존재다! 그런 일은 허락할 수⋯⋯.〉

"죽음은 네 허락 받고 오는 게 아냐."

용우는 심드렁하게 말하며 트리니티를 찔렀다.

콰직!

두라크의 코어가 트리니티의 칼날에 꿰뚫렸다.

〈이, 이럴 수는 없, 어⋯⋯!〉

"있어."

용우는 즐거워서 견딜 수 없다는 표정으로 단언했다.

"너는 지금 죽는 거야. 너는 자신이 위대한 존재라서 다른 이들의 죽음을 내려다보면서 비웃어도 된다고 생각했겠지. 이게 그 착각의 대가다."

〈아아아아아⋯⋯!〉

터져 나오던 비명이 끊겼다.

용우가 그의 코어를 완전히 부숴 버렸기 때문이다.

새벽의 군주 두라크는 그렇게 죽었다.

*　　　　*　　　　*

군주의 죽음이 가져오는 여파는 작지 않았다.

서용우가 두라크의 코어를 파괴한 직후, 거대한 충격이 꿈을 뒤흔들었다.

그리고 그것은 팀 섀도우리스와 타락체들의 전투에도 치명적인 변수로 작용했다.

팀 섀도우리스는 군주가 죽고, 여파가 폭발하기 전에 미리 그 사실을 알고 대처했다. 그러나 타락체들은 그 타이밍을 모르고 있다가 폭발하는 힘의 격류에 쓸려 버렸던 것이다.

그것만으로도 타락체 중에 사망자가 셋이나 나왔다. 그리고 나머지도 운이 좋거나 위기 감지 능력이 있는 네 명을 제외하고는 중상을 입었다.

승패의 저울이 결정적으로 기울어질 수밖에 없었다.

*　　　　*　　　　*

두라크에 이어 소우바도 똑같은 과정을 거쳐서 살해당했다.

그러자 다시 한번 충격이 곰 전역을 덮쳤고, 그것으로 팀 섀도우리스는 남은 타락체를 모두 처리하고 전투를 끝마쳤다.

폐허조차 안 남고 모든 것이 깨끗하게 사라져 버린 땅에서 이비연이 중얼거렸다.

"이거 정말… 뭐라고 말할 수 없는 기분이네."

그녀는 흥분으로 인해 발갛게 상기된 얼굴로 웃고 있었다. 더없이 행복해 보이는 미소였다.

용우가 만족감 가득한 미소를 지은 채로 물었다.

"끝내주지?"

"응."

이비연은 흥분으로 손이 떨리는 것을 느끼며 고개를 끄덕였다.

자신을 오랫동안 절망 속에서 몸부림치게 만든 원흉들을 죽였다. 산보다 높고 바다보다 깊은 원한을 품었으면서도 도저히 갚을 길이 없다고 생각하고 있었는데 이런 날이 올 줄이야……

"새삼스럽지만 오빠는 정말… 대단해."

용우와 재회한 후 몇 번이나 그에게 놀라게 되는 건지 모르겠다.

어비스의 모두가 포기하고 절망할 때 혼자 증오로 얼룩진 희망을 이야기하던 남자는, 이비연이 절대로 불가능하다고 생각했던 그 희망을 현실로 이루어내고 있었다.

"아직 안 끝났어. 이 기분을 음미하면서 즐기는 건 마무리까지 하고 난 다음에 하자."

용우는 그렇게 말하고는 허공에 손을 뻗었다.

―봉인 해제!

그러자 허공의 한 점이 일그러지면서 뭔가가 튀어나왔다.

날이 사람 머리보다도 커다란 흑색의 도끼, 성좌의 무기 굉음의 도끼다.

"이제 네가 써."

굉음의 군주인 소우바와 싸우기 위해서 봉인해 두었던 것이다. 소우바를 죽였으니 이제는 자유롭게 쓸 수 있다.

용우는 곧바로 그것을 이비연에게 계승해 주었다. 불꽃의 활, 대지의 로드, 빙설의 창은 융합해서 트리니티로 쓰고 있기도 하고 또 각각 유현애, 이미나, 리사를 계승 후보로 설정해서 힘을 공급해 주고 있기에 넘겨줄 수가 없다.

하지만 굉음의 도끼는 이비연에게 주는 데 아무런 문제가 없었다.

"아, 오빠가 말한 게 이런 감각이구나."

이비연은 계승받은 굉음의 도끼를 들고 살펴보면서 중얼거렸다.

계승받는 순간부터 굉음의 도끼가 소리 없는 유혹을 가해 오는 것 같았다.

자신의 힘을 받아들이라고. 그로써 거대한 권능을 손에 넣으라고.

물론 이비연은 그럴 마음이 없었다. 변신하는 순간 내용도 모르는 채로 구세록과의 계약서에 도장을 찍는 것이나 마찬가지임을 알고 있었으니까.

"이것도 네가 써. 같은 속성이니 상성이 좋을 것 같군."

용우가 건네준 것은 어른 주먹보다 좀 더 큰, 어둠 그 자체로 이루어진 것 같은 새카만 덩어리였다.

소우바를 죽이고 얻은 군주 코어.

그것을 받은 이비연이 혀를 차며 물었다.

"오빠 혼자 세 개나 갖는 거야?"

용우는 트리니티에 융합시킨 하스라 코어와 볼더 코어에 이어 두라크 코어까지 손에 넣었다. 그 점을 지적하자 용우가 씩 웃었다.

"넌 쌩쌩하잖아. 난 워낙 허약해져서 이렇게라도 전력 보강을 해야 한다고."

"하여튼 말은 잘해요."

이비연이 눈을 흘겼다.

용우가 어깨를 으쓱하고는 말했다.

"빨리 여길 정리하자."

두 군주를 살해하고 그들의 코어와 막대한 양의 마력석을 획득한 두 사람은, 아직도 끝나지 않은 동료들과 타락체의 전투에 가세해서 빠르게 전투를 종료시켰다.

하지만 아직 그들의 일은 끝나지 않았다.

*　　　　*　　　　*

하스라와 볼더가 당한 이후로 종말의 군주들은 신중해졌다.

무슨 일이 있어도 자신은 안전하다. 불멸성을 얻었으니 패배해도 굴욕감을 느낄지언정 죽을 일은 없다.

그런 믿음이 깨어졌으니 그럴 수밖에 없었다.

그들은 언제나 강력한 부하들로 하여금 곁을 지키게 했으며, 유사시에는 자존심을 굽히고 군단의 다른 세력에게 연락해서 도움을 청할 준비도 갖춰두었다.

하지만 그 모든 조치에는 한 가지 전제 조건이 필요했다.

바로 적이 그들 앞에 나타나야 한다는 것.

〈도대체 무슨 일이 벌어진 거냐!〉

새벽의 군주 두라크의 곁을 지키는 고위 언데드들은 당황을 금치 못했다.

자신들의 군주는 열쇠를 손에 넣어서 지구로 강림했다. 그것도 혼자서가 아니라 꿰음의 군주 소우바와 함께.

그런데 어느 순간, 그들이 지키는 군주의 몸에서 영혼의 기척이 사라져 버렸다.

지금 그들이 지키는 왕좌에 앉아 있는 것은 강대한 힘의 덩어리일 뿐, 군주라고 부를 수 있는 존재가 아니었다. 자아는 물론이고 종말의 군단을 통틀어 일곱 개만이 존재하는 불멸의 코어마저 사라져 버렸으니까!

그들이 패닉에 빠져 있을 때였다.

콰아아아앙!

갑자기 그들 사이에서 솟아난 누군가가 거대한 양손 대검으로 그들을 후려쳤다.

단 일격으로 주변에 있던 고위 언데드들이 열 명도 넘게 쓸려 나갔다.

〈아니?!〉

경악하는 그들 앞에서, 이 세계에서는 이질적인 용모를 지닌 존재가 미소 지었다.

온통 생기 없는 존재들만이 가득한 크리스털 궁전 속에 단 한 명, 검은 머리칼의 인간 청년이 서 있었다.

종말의 군단에게 군주 사냥꾼이라 불리는 서용우였다.

"요즘 마력석 적자가 너무 심하거든. 초대형 광맥이 눈앞에 있는데 그냥 놔두고 갈 수는 없잖아?"

물론 적들은 용우가 무슨 말을 하는지 알 수 없었다.

콰콰콰콰콰!

용우는 기습의 이점을 살려서 폭풍처럼 그들을 휩쓸었다. 모든 방어진은 바깥으로부터의 공격에 대항하기 위한 것이다. 그 방어진 안쪽에서 출현한 용우는 완벽하게 허를 찌르고 있었다.

언데드들 입장에서는 최대한 빨리 방어진을 포위진으로 전환해야 한다. 그러나 용우는 그럴 틈을 주지 않았다.

〈막아! 잠깐이라도 막지 않으면… 크악!〉

처음에 출현하자마자 지휘관으로 보이는 존재부터 해치웠고, 그다음에는 전열을 정비할 여유를 주지 않고 어마어마한 힘으로 적들을 학살했다.

이미 승패는 갈렸다.

정보세계로 넘어올 때마다 그렇듯이 용우는 어비스에서 도달했던 힘을 되찾았다. 그리고 트리니티를 구현한 지금은 볼더를 쓰러뜨릴 때를 능가하는 힘을 자랑하고 있었다.

아무리 군단의 최정예라고 해도 군주의 부하에 불과한 자들은 상대가 되지 않는다. 방어진을 구축한 채로 외부에서 충돌해 오는 식으로 싸웠다면 좀 상대가 됐겠지만 이렇게 허를 찔리자 속수무책으로 무너져 내렸다.

'비연이도 잘하고 있겠지?'

*   *   *

같은 시각, 이비연은 굉음의 군주 소우바의 세계에 침입해 있었다.

서용우와 달리 이비연은 군단의 정보세계에 침입해도 전투 능력에 변화가 없다. 아니, M수트를 쓸 수 없는 만큼 더 약해진다고 봐야 할 것이다. 원래의 그녀라면 혼자서 소우바의 궁전에 침입하는 것은 위험한 행위였으리라.

그러나 지금은 커다란 변수 하나가 있었다.

〈벙어리 공주! 네년이 감히! 감히……!〉

소우바의 호위를 책임지는 대장 해골기사가 격노해서 이비연에게 뛰어들었다.

"넌 그런 말을 나한테 할 주제가 못 돼."

그러나 이비연은 너무나 여유롭게 그의 공격을 막아낸다.

뿐만 아니다. 두 번의 공격을 방어한 반동으로 그의 기세를 끊어버리고, 그가 자세를 회복하기도 전에 섬전 같은 반격을 날렸다.

콰직!

표면이 새카만 한 자루의 장검이 대장 해골기사의 허공장을 뚫고 그 몸통을 날려 버렸다.

〈이럴 수가… 내가, 이런 버러지에게……?〉

대장 해골기사는 자신에게 닥친 일을 믿을 수 없는 것 같았다.

이비연은 그가 감상에 빠질 틈을 주지 않았다.

쾅!

폭음이 울리며 대장 해골기사가 산산조각 났다.

본신 마력만으로 보면 해골기사 쪽이 이비연을 능가한다. 그런데도 방금 전의 전투는 어른과 아이가 싸우는 것처럼 일방적이었다. 이비연에게는 성좌의 무기 굉음의 도끼와 거기에 융합시킨 소우바 코어가 있었기 때문이다.

'잠재된 힘을 생각하면 증폭률이 별로긴 하네.'

구세록의 계약자인 차준혁과 브리짓 카르타가 변신했을 때, 그들은 본신 마력에 비해 어마어마한 힘을 갖게 된다.

그들의 경우와 비교하면 이비연이 실감하는 힘의 증가 폭은 그리 크지 않았다. 물론 절대치로 보면 엄청나게 크지만, 계약을 거부한 채로는 끌어낼 수 있는 힘에 한계가 뚜렷하다는 뜻이다.

'이래서야 오빠가 만족하지 못할 만도 해.'

왜 용우가 성좌의 무기 셋과 군주 코어 둘을 융합해서 트리니티를 만들어냈으면서도 만족하지 못했는지 알 것 같았다.

'구세록이란… 아니, 지금 생각할 문제는 아니겠지.'

이비연은 굉음의 소우바의 본신을 처치하고 전리품을 챙긴 것에 만족하고 물러나기로 했다. 이미 적들이 비상경계 체제를 발생시켰는지 이곳으로 향하는 거대한 존재감이 느껴졌으니까.

"비연아!"

그런데 그때였다.

그녀의 앞에 익숙한 얼굴이 나타났다.

"…라지알."

이비연은 자신의 이름을 부르는 상아인 청년을 보며 쓴웃음을 지었다.

군단의 타락체들을 이끄는 장군이라 불리는 자, 라지알은 이비연을 보며 당혹감을 금치 못하고 있었다.

"네가 어떻게……?"

"그런 표정은 처음 보네."

이비연은 생긋 웃으며 말했다.

그 웃음에 라지알은 순간적으로 넋을 잃었다. 그가 아는 이비연은 인형처럼 무표정한 존재였다. 그녀가 살아 있음을 실감할 만한 표정은 한 번도 본 적이 없었다.

그리고 그 표정이 그의 머릿속 깊숙이 자리 잡았던 기억을 끄집어낸다.

'닮았어.'

웃고 있는 이비연은 라지알이 타락체가 되기 전의 기억 속에 존재하는 누군가와 닮아 있었다.

"설마 너, 원래의 인격을 되찾은 거야?"

"글쎄?"

"……."

"조만간 또 만나게 될 거야."

이비연은 그렇게 말하며 칠흑의 장검을 휘둘렀다. 그러자 라지알의 모습이 산산이 흩어져 버렸다.

라지알은 아직 소우바의 세계에 진입해 들어오지 못했다. 이곳에 침입한 것이 이비연임을 알고는 급히 환영을 보내왔던 것이다.

이비연은 그가 현장에 도착하기 전에 지구로 빠져나갔다.

그리고 잠시 후, 철저하게 파괴된 소우바의 궁전에 도착한 라지알은 동요를 감추지 못하고 중얼거렸다.

"너는… 어떤 사람이었지?"

이비연이 그의 적이 되었다. 상상도 못 해본 일이었다.

조금 전에 자신을 향한 이비연의 미소를 보았을 때, 라지알은 처음으로 그녀가 살아 있는 존재임을 실감했다. 그리고 그 실감이 이전에는 없었던 의문을 불러일으켰다.

　라지알은 그 의문을 안은 채, 파괴된 궁전을 보며 중얼거렸다.

　"우리에게 무슨 일이 벌어지고 있는 거지?"

　영원불멸할 줄 알았던 일곱 군주 중 넷이 죽었다. 그리고 절대로 깨지지 않을 줄 알았던 타락체의 비술이 깨졌다.

　당연하다고 믿어왔던 그들의 법칙이 무너져 내린다. 지금까지 상대에게 멸망의 공포를 선사해 왔던 종말의 군단은 발밑이 무너져 내리는 것 같은 암담함에 사로잡히고 있었다.

『헌터세계의 귀환자』 8권에 계속…